獾，你在裡面嗎？你在嗎？

臭鼬和獾的故事 2

琥珀牆裡的蛋

EGG MARKS
THE SPOT

AMY TIMBERLAKE **pictures by Jon Klassen**

艾米·汀柏蕾 著　　　雍·卡拉森 繪　　　趙永芬 譯

本書獻給菲爾

目次

推薦序

一場對生命重新省思的尋石探險　林偉信 ⋯⋯ 7

第一章 ⋯⋯⋯⋯⋯⋯⋯⋯⋯⋯⋯⋯⋯⋯⋯ 13

第二章 ⋯⋯⋯⋯⋯⋯⋯⋯⋯⋯⋯⋯⋯⋯⋯ 29

第三章 ⋯⋯⋯⋯⋯⋯⋯⋯⋯⋯⋯⋯⋯⋯⋯ 43

第四章 ⋯⋯⋯⋯⋯⋯⋯⋯⋯⋯⋯⋯⋯⋯⋯ 65

第五章 ⋯⋯⋯⋯⋯⋯⋯⋯⋯⋯⋯⋯⋯⋯⋯ 83

第六章 ⋯⋯⋯⋯⋯⋯⋯⋯⋯⋯⋯⋯⋯⋯⋯ 97

第七章 ⋯⋯⋯⋯⋯⋯⋯⋯⋯⋯⋯⋯⋯⋯⋯ 105

第八章 ⋯⋯⋯⋯⋯⋯⋯⋯⋯⋯⋯⋯⋯⋯⋯ 115

第九章 ⋯⋯⋯⋯⋯⋯⋯⋯⋯⋯⋯⋯⋯⋯⋯ 125

第十章 ⋯⋯⋯⋯⋯⋯⋯⋯⋯⋯⋯⋯⋯⋯⋯ 143

第十一章 ⋯⋯⋯⋯⋯⋯⋯⋯⋯⋯⋯⋯⋯⋯ 153

第十二章 ⋯⋯⋯⋯⋯⋯⋯⋯⋯⋯⋯⋯⋯⋯ 165

第十三章 ⋯⋯⋯⋯⋯⋯⋯⋯⋯⋯⋯⋯⋯⋯ 179

第十四章 ⋯⋯⋯⋯⋯⋯⋯⋯⋯⋯⋯⋯⋯⋯ 189

第十五章 ⋯⋯⋯⋯⋯⋯⋯⋯⋯⋯⋯⋯⋯⋯ 209

日子一天天飛逝 ⋯⋯⋯⋯⋯⋯⋯⋯⋯⋯⋯ 229

致謝 ⋯⋯⋯⋯⋯⋯⋯⋯⋯⋯⋯⋯⋯⋯⋯⋯⋯ 233

一場對生命重新省思的尋石探險

林偉信

（台灣兒童閱讀學會顧問）

　　你有沒有「珍藏」過什麼樣的東西，或者對什麼事情特別感興趣？而你又會怎樣看待你的「珍藏」和這樣的興趣？

　　你有沒有在個性和行事上，和你非常不同調的朋友？而你又是如何與他相處？

　　你有沒有曾受到自然界的某些事物深深吸引，進而想得到它的衝動，像是面對美麗的花草，或是炫麗的奇石等？這時候，你會怎麼做？

　　「特別感興趣的東西」、「不同調的朋友」、「自

然界美麗的事物」，這些看似平常的事情，當它與我們發生關係、產生影響，有時，我們不得不停下腳步，認真的去思索上述的問題：為什麼我會這樣？每個人的想法與作法都要一樣嗎？一定要獨自擁有才算是得到嗎？我到底該怎麼做？而我們會去想這些問題，是因為這些問題的答案，正反映出我們對於「自己的真實需要」、「和他人的相處」，以及「和自然的關係」這些人生重要議題的態度和作法。

這部少年小說藉由尋找奇石的故事，不僅讓我們享受了一場驚奇探險的閱讀趣味，書中更對讀者展示了作者對於這些生命議題的深刻反思。

首先，在書中，我們可以看到故事裡的幾個主要角色，尤其是主角玁和他的室友臭鼬，個性殊異的他們，有各自鍾愛的珍藏和興趣，但沉迷的結果，讓他們身心陷入焦躁，生活失序了。藉由故事

的進行，作者讓我們看到，唯有當獲和臭鼬放下執著與在意，才能看清楚自己真實的需要，擺脫受制於外物的焦躁，重回生活的正軌。

其次，在故事裡，我們也可以看到不同角色間的互動與相處方式，像是專注、積極、在意結果的獲，和自在、隨性、重視過程的臭鼬，或是對某些事情特別敏感的獲和做事大刺刺的臭鼬等。這些角色的個性與行事風格截然不同，最終卻都能創造出一個雙方都能接受的關係。透過書中角色的互動，作者不斷對閱讀者釋放出如是的訊息：人我之間的相處，唯有尊重與包容對方和自己的差異，從中尋求共識，才能共創和諧；而且，重要的是，當發生問題時，「逃避」或「視而不見」絕不是解決問題的良方，只有彼此坦承以對，攤開問題，好好溝通，說清楚、講明白，才能真正解決問題，消除心中的焦慮與疙瘩。

最後，這本書在人與自然的關係上，也做了很好的提醒：「獨享」或「占有」，都不是我們和自然界應有的關係，唯有放下個人的私欲，守護而不破壞，才能和自然共生共存，也才是我們對自然應有的態度。就像書中主角獾最後尋得他一心一意想要得到的瑪瑙後的了悟：「現在它需要回到它原來的地方。」做為人類，我們有我們生存的位置，也應該讓自然萬物留駐在它原本的地方。

　　毋庸置疑，這是一部很棒的生命教育小說。本書另一個極具閱讀趣味的地方，就是情節中很巧妙的融入了像是岩石的生成與年代、恐龍與雞的演化關係、挪威鼠的由來與特徵、貽貝的構造與功能、熊和貓的特性與喜好……等這類自然界物種的科學小知識。對這些學問有興趣的小讀者，也可以在閱讀後，順藤摸瓜的更進一步去搜尋與研究。因此，它也可以做為一本很有趣的科普教育引導小說。

琥珀牆裡的蛋

EGG MARKS THE SPOT

第一章

　　叩、叩，叩、叩、叩。閣樓響起敲門聲，玁新
的石頭房間就是閣樓。

　　敲門的是他的室友——臭鼬。玁不打算理他。
「他會走開的，」玁想，「重要的岩石研究——專
注，專注，專注。」玁咬牙坐在石凳上傾身向前。
他調整了一下他特別的工作檯燈，然後拿起石頭桌
上那塊不明物體。

　　他瞥了一眼重要岩石研究筆記上的清單：

──火成岩？

──粒狀基質，<u>呈微綠色</u>

──紅色斑晶非常耀眼

　　他注視著那個物體，又讀了一遍清單。他的爪掌撫過物體上的斑晶，心想，是時候了。

　　沒錯，是問第一個問題的時候了。這是岩石還是礦物？礦物還是岩石？礦物是由一種基本物質形成──單一元素，也就是岩石科學家所說的「一種自然化合物」。一塊礦物的構成物質趨近於相同，但一塊岩石則是集合體──礦物的集合體，或岩石與礦物的集合體。兩種礦物黏在一起呢？那是岩石。五種礦物和一塊岩石亂七八糟的摻雜在一起？那也是岩石。

　　這是岩石還是礦物？這個問題最好大聲問出來，然後再把那個物體拋向空中，當獾一接住它，

就會用雷鳴般響亮的聲音喊出答案。

獾的耳朵扭向房門。沒有聲響。於是獾張開嘴吸氣，然後——

叩、叩、叩。

敲門聲很急切，他總是敲得如此急切。

獾呼出一口氣，等著接下來必然會發生的事。

來了。「獾？」叩、叩、叩。

獾趴在石頭桌上，他原本以為把石頭房間從客廳搬到一個偏僻的地方，例如：閣樓，肯定會有幫助。「策略優勢！」這是他當時的想法。但是後來，一拉扯閣樓上那顆光禿電燈泡的鏈子，他才看見一堆亂糟糟的厚紙箱、破行李、各式各樣零散的家具、一個水族箱、一堆油畫，還有一個丟滿帽子的爪足浴缸。

獾把頭轉向一邊，仔細查看那個浴缸。他怎麼也無法移動浴缸分毫，只好讓雜物繼續堆在浴缸那

邊三分之一的空間，並且宣稱它們全都有用，還能減輕石頭研磨拋光機的噪音。然後他清理出剩下三分之二的空間，充當他的石頭房間。

他從那堆亂糟糟的雜物中，找出一張椅子和一盞檯燈。撞球桌非常適合用來攤開地質調查圖，傘架則很適合用來存放地質圖。玀用上了閣樓的櫥櫃，在鋪墊柔軟天鵝絨內襯的抽屜裡，擺放了他的手持鏡頭、放大鏡，以及萬用小刀、刮刀及錐鑽，還有他的細粉塵吹塵器。他也懸掛了吊榔頭和鑿子的掛鉤。唯有在這一切都完成之後，玀才吃力的搬著他那一盒盒的岩石和礦物、他的石頭桌、石凳和工作檯燈，爬上兩層樓的樓梯來到閣樓。「做了好幾個星期的苦工。」玀抱怨。

叩、叩、叩！叩！「玀？你在裡面嗎？玀？」

玀對此毫不理會，目光注視著那一片無窗的長長牆壁。玀在這片牆上釘滿架子，還安裝了燈和許

多小燈。他書寫標籤，並且找到適合的臺座——每個樣本一個。

玀抬起頭，把自己推離石頭桌。石凳的輪子在凹凸不平的地板上嘎吱作響。

「玀，是你嗎？」

玀站了起來。石凳被擠到一邊。

叩、叩！

玀走向牆壁，扳開燈光開關。

看哪，玀的岩石牆！每個燈光底下都有一個閃耀的樣本——一個卓爾不凡、獨一無二、稀罕且無與倫比的樣本。銅微光閃爍，雲母熠熠生輝，拉長石隨著顏色跳動，有如某種半透明的深海魚。「是的。」玀低聲說。接著他的目光落在岩石牆開頭的一個空臺座上，他感覺心中湧起一陣灼痛，於是迅速移開視線。

門外傳來一陣嘟囔：「聽起來像是在裡面。他

不在他的房間，他不在樓下，他絕對不在廚房——雖然他總是待在那裡。」

獷皺起眉頭心想，「我才沒有總是待在廚房。」他把一隻爪掌放在門把上，然後甩開門。「什麼事？」

臭鼬——他的爪子抓著門外的把手——順著開門的力道衝進房間，隨他一起進來的還有一支揮動自如的鍋鏟，以及飛過獷耳邊的打蛋器。

臭鼬咧嘴一笑，這才煞住了腳步。「你在這裡。我就知道！我飛得好滑稽。哈！」

獷仔細看著那件濺滿汙漬的廚房圍裙，還有臭鼬條紋中七橫八豎的毛。他語氣凝重的說：「門是關著的。」獷的爪掌朝石頭桌的方向一揮，向臭鼬表示：工具都出動了，筆記本推到一邊，一塊不明物體籠罩在燈光照射下。「重要的岩石研究？」

臭鼬抱怨，「又是這個？你以為關上房門別人

就知道你在做什麼。但是就像我之前解釋過的，石頭房間的門關上時，意味著不止一種可能的情境。情境一：你在做重要的岩石研究。在情境一的狀況下不可敲門，或是突如其來的開門——就算盤子裡的午餐已經快速冷卻也一樣。還有情境二：你出門到蛋與蔬食者餐廳吃爪子派餅。你不在這裡，但你石頭房間的門是關上的。」臭鼬交叉著雙臂。「獾，分辨情境一和情境二的差別並不容易，如果你不喜歡敲門聲，就該把狀況說清楚。」

獾換了個姿勢。「午餐？留在餐桌上？冷掉了？」

不過臭鼬的注意力已經被吸引到其他地方。「瞧瞧這些石頭！」臭鼬蹦跳到沒有窗子的牆壁前。他把腦袋瓜伸到一個架子附近，然後瞇起眼睛往上看。「一個燈一塊石頭，一個燈一塊石頭，一個燈一塊石頭。」他回頭對獾點點頭。「聰明，所

19

以石頭才會發光發亮。」

獲自己也是渾身發光。

臭鼬讀著標籤。「柱星葉石（Neptunite）⋯⋯黑曜石（Obsidian）⋯⋯黃鐵礦（Pyrite）⋯⋯」接著臭鼬往後退了一步，輕敲自己的下巴。「按照字母順序！你是照著字母順序排列的。」

獲開心的點頭。「按照字母順序展示岩石，令人滿意極了。我管它叫⋯⋯」他停頓了一下，製造懸疑感。「我的岩石牆。」

「岩石牆──真好！雞群會很喜歡你的岩石牆。」臭鼬說。

獲眨了眨眼睛。「雞群會來我的石頭房間？再來一次？」獲還記得上回雞群在他石頭房間的情景，心中餘悸猶存。雞群的武裝政變！但他想到那隻跟放鉛筆的馬克杯差不多大小的橙色小母雞。嗯，或許他會把橙色小母雞帶來看他的岩石牆。

臭鼬指著那個空臺座問：「A在哪裡？」

「不、不、不。」玃這麼想著，刻意不往那個空臺座看。

臭鼬往前朝岩石牆走了好幾步，指指點點的說：「玃，看見沒有？你這裡少了字母A的石頭。按照字母順序整理石頭很不錯，可是A在哪裡呢？」

這下子，玃非看不可了。一看見那個空臺座，他的身上彷彿被砍了一刀。他清了清嗓子說：「喔，那個啊。是的，那是給瑪瑙（Agate）準備的位置。那塊……啊，瑪瑙，它被拿走了。」玃回憶時吞著口水。漩渦和眼睛！黑漆漆、隱密的深處！和一隻緊握的爪掌一樣大！玃回想起握著它的冰涼觸感。以前他常常凝視瑪瑙，想像地球誕生的畫面。他看著臭鼬說：「我稱它為我的蜘蛛眼瑪瑙。」

臭鼬皺起眉頭。「你是說字母A的石頭不見

了？」

「被偷、被盜、遭竊了——就是這樣。」玀低
聲說。

「太不幸了，」臭鼬說完停頓了一下，隨即又
傾身向前，眼神嚴肅的注視玀，「玀，那就拿一塊
瑪瑙石擺上去吧。開始是很重要的，你不可以在岩
石牆的開頭留下一個洞。」

玀聲音哽咽的說：「取代我的蜘蛛眼瑪瑙嗎？」

臭鼬睜大了眼睛。「字母Ａ的石頭只有一塊？」

玀微微點了個頭。

臭鼬目瞪口呆，隨即激動起來。「正確的Ａ石
頭不止一種，就像烤白花椰菜的正確方法不止一種
一樣。為什麼那麼多霸道的烹飪書，只教一種正確
的烹調方式？」

玀已經沒在聽臭鼬說話了——雖然他愛吃而且
還吃得很多。他對盤子裡的食物怎麼來的不感興

趣，但是失去那塊蜘蛛眼瑪瑙的回憶，反倒狠狠耙過他的心頭：魯拉阿姨的大宅，鼬鼠家族的聚會，蜘蛛眼瑪瑙不在他的床頭櫃上。它在哪裡？它在哪裡？每樣東西都被翻倒，推到一邊，抖出來，整理、整理、整理，然後玀聽見了那個聲音，「你在找這個嗎？」

玀一轉過身，就看到他的表弟費雪站在門口。費雪爪掌中握著玀的蜘蛛眼瑪瑙。費雪若無其事的把瑪瑙拋向空中……然後接住。那塊石頭落到費雪爪中時，發出了「啪」的一聲。上拋，啪。上拋，啪。玀的心隨著每次的上拋蹦得好高，然後每次接住的「啪」聲響起，他便感覺到自己鬆了一口氣。「請還給我。」玀盡可能心平氣和的說話，並且伸出他的爪掌。

上拋，啪。費雪露出微笑，將瑪瑙石揣進他學校外套的口袋，然後挑起一道眉毛。「誰撿到就是

誰的。」他說。

　　獾最喜愛的魯拉阿姨不懂，獾為什麼必須早早離開鼬鼠家族的聚會？「你為了一塊石頭就要離開？那你的家人怎麼辦？」

　　「費雪！」獾想著，又或者是他以為自己在想。

　　「你剛才說什麼？」臭鼬問。

　　他說出心裡的話了嗎？「沒什麼，沒什麼。」獾說。

　　臭鼬瞇起眼睛。「聽起來好像是『魚』[1]。我不會吃魚，就像我不會吃你一樣。」

　　獾的頭發暈。他想，我或許會吃一條魚。

　　臭鼬等著。

　　獾模模糊糊的覺得自己似乎應該向魚道歉。他換了個話題。「剛才你在敲門？是需要什麼東西

1　費雪原文是Fisher，音似fish，即魚。

嗎？」

「對喔，我差點忘了！資金——我需要現金、錢幣、紙鈔，」臭鼬滿懷期盼的看著獾，「犛牛不收英式瑪芬，我試過了。」

「付錢給犛牛？」

「不是給犛牛，是訂閱週日版的《新犛牛時報》[2]。我再也無法忍受這個狀況了。」臭鼬點頭說，彷彿事情就此決定了。

獾張嘴想要反駁，但臭鼬迅速的說：「每個星期天我都會去雞書店買一份週日版《新犛牛時報》，但是往往不順利！有一回雞書店的週日版報紙售完了！還有一次我買到一份週日版《新犛牛時報》，可是書評版在哪裡？沒有夾在報紙裡面！我把報紙一張一張丟到旁邊找了又找，缺了書評版的

2　原文New Yak Times，作者暗指New York Times《紐約時報》。

25

週日版《新犛牛時報》有什麼意義？《新犛牛時報》的書評是最棒的部分！」臭鼬瞅著貛，腳掌快速的敲打地面。「沒有別的選擇，我們非訂報不可。」他停頓了一下，然後喃喃說著：「我不知道犛牛為什麼不收英式瑪芬，大家都知道最棒的付款方式就是以美味代替。」

貛嘆了口氣，用渴望的目光瞥了一眼石頭桌上的東西，那個紅色斑晶閃爍著誘人的亮光。第一個問題——這是岩石還是礦物？這個問題還沒問出口！他直接說重點。「你需要多少錢？」

臭鼬告訴他。

貛立即同意。

「很高興這件事解決了，」臭鼬咧嘴笑著對貛說：「你肯定也會喜歡《新犛牛時報》書評版。犛牛是最優秀的書評家，他們那麼專注是不是因為有蓬鬆的瀏海？還是背上的隆起儲存了許多養分，所

以他們能夠讀許多書，而且不必吃東西？這真是一個謎。」

話一說完，臭鼬一跳兩蹦來到門邊。他先撿起地板上的打蛋器，然後是他的鍋鏟。「輕薄有彈性，比你想的更好用。」他拿著鍋鏟比劃了兩下，才把兩樣東西都揣進圍裙口袋。「我要幫火箭馬鈴薯澆水。我說過火箭馬鈴薯很喜歡後門廊那個花盆嗎？」火箭馬鈴薯是曾經從碗裡飛出去的一顆小馬鈴薯，臭鼬和獾把它栽種到土裡了。臭鼬沒有等待獾的回答，他看著獾說：「中午吃午餐，剛好中午喔。」說完，臭鼬便二話不說的蹦出了房間。

獾的肚子嘰哩咕嚕響，時鐘顯示現在十一點零八分，距離吃午餐還有五十二分鐘。

「重要的岩石研究！」獾精神奕奕的想著。他走到石頭桌前，拿起那個不明物體。「這是岩石還是礦物？」

他用爪子把物體翻面，並且拉大嗓門，「這是礦物還是岩石？岩石？礦物？」

然後，他把物體拋向空中。

它飛了起來。

它掉落下去。

物體掉在玀的爪子裡。「岩石！」玀大吼。

第二章

　午餐？獾猶豫不決的把腦袋伸進廚房門口。

　臭鼬站在爐子前，他的廚房圍裙裡塞滿了信封。抽油煙機呼呼作響，爐火上的兩個煎鍋響滋滋，另一個鍋子發出汩汩聲，看來臭鼬是一邊做午餐一邊分揀美洲鶇鶥的信件。獾看著臭鼬用一隻爪子拿出圍裙口袋裡的信封，同時用另一隻爪子搖晃煎鍋裡的胡桃。洽嘎、洽嘎、洽嘎。臭鼬讀著信封上的文字。「垃圾。」他喃喃自語，把未拆開的信封丟在流理臺上。

「波克！」

獾看了看，瞧見一隻鬥雞在打量那封沒拆開的信，左眼，傾斜、傾斜，右眼。還有兩隻雞——一隻烏骨雞和一隻奧洛夫雞在附近打盹，雞喙埋在翅膀底下。鬥雞使勁踹了那信封一腳，然後抖鬆渾身的羽毛安頓下來。獾掃視廚房一圈，沒有看見橙色小母雞。

臭鼬朝鬥雞的方向做了個鬼臉，「抱歉，我沒留意！」並且抖了幾下煎鍋裡的胡桃。洽嘎、洽嘎、洽嘎。爐子上的藍色火焰閃著黃色、紅色和橘色的火光，另一只煎鍋上的麵團斑點變成了褐色。鍋子裡冒著蒸氣，熱蘋果、蜂蜜和小荳蔻的香味飄過獾的鼻子。

獾清了清嗓子。「快好了嗎？」

臭鼬抬起頭來，瞥了一眼牆上的時鐘，然後丟給獾一個嚴肅的眼神。「十分鐘。」

看見玀一動也不動，臭鼬從流理臺上的一疊信件中，抓起一張明信片推給玀。「拿著，讀讀這個。」他指著玀在廚房的座位說：「坐下。」

十分鐘？玀覺得自己膝蓋發軟，頭也輕飄飄的。可是大聲嚷嚷肚子餓也無法讓食物快點出現，他試過這麼做。玀無力的點了點頭，坐在廚房餐桌的座位上，然後拿起那張明信片。是魯拉阿姨寄來的，玀閱讀上頭的內容：

玀和臭鼬，你們好啊！我在鐵杉森林給你們寫信。這空氣！這風景！無窮無盡的爬樹機會！我在樹上睡得最香了，你們有沒有嘗試過？我大力推薦。

魯拉阿姨

玀的肚子開始咕嚕咕嚕叫。快了，他告訴他的

肚子。他閉上眼睛深吸一口氣，洋蔥和⋯⋯櫛瓜？是的，他想像著一盤櫛瓜鬆餅，搭配⋯⋯他嗅了嗅廚房的氣味，是蘋果醬！還有呢？他記起那只小煎鍋，裡頭是烤胡桃。他還有聞到別的味道⋯⋯金屬、雲母、老舊的水管。

水管？獲瞥了臭鼬一眼。

他再看一次，等、一、下。

如果你在爐火上煮東西，難道不應該面向爐子嗎？不管怎樣，一邊讀信一邊用鍋鏟搔腿上的癢，同時你背後煎鍋裡的東西嘶嘶作響，似乎不是什麼好主意。

烏骨雞拍打著翅膀。「波、波克！」鬥雞伸長脖子，奧洛夫雞驚慌的叫著：「波兒兒兒兒兒──波克、波克、波克！」

獲的目光飛向爐子，大煎鍋裡升起了煙圈。

接下來煎鍋響起「噗」的一聲，一朵火焰竄

起，彷彿是太陽閃焰！

「閃燃！」玀呐喊著指向煎鍋。

「噢！」臭鼬迅速的把信與信封塞進廚房圍裙口袋裡，並且轉過身去，「你早該說點什麼的。」鍋鏟啪啪啪一陣翻動之後，那幾塊麵團倒進了水槽。泡湯的不只是那幾塊麵團。「這一鍋毀了，」臭鼬這樣說鍋子裡的東西，他對小煎鍋裡的胡桃搖了搖頭，「燒得焦黑！」

臭鼬嘆了口氣，把鍋子和兩個煎鍋匡噹匡噹的丟進水槽，然後看著幾隻雞。「改天再來吃午餐？」雞群一隻接著一隻跨步、跨步、跨步到水槽旁，看了看兩只煎鍋和那個鍋子，左眼，右眼，左眼，隨即拍拍翅膀飛離流理臺。「波——波克、波克、波克。」臭鼬護送他們從後門離開，嘴裡喊著：「好，改天再約！」之後臭鼬回到廚房。他嗅聞一下空氣，關掉了抽油煙機。在風扇運轉的呼呼聲過後，

寂靜降臨了。

臭鼬轉身和獾面對面。「我收到一封最糟糕的信，請馬上讀一讀。」他抽出塞在圍裙口袋裡的信封和信，伸手遞了出去。

獾接過它們。信封上回信地址寫的是：

G.刺蝟先生
北推斯特

收信人是：

臭鼬先生　收
松貂魯拉阿姨的褐砂石屋
北推斯特

獾撫平信紙閱讀內容：

臭鼬先生：

　　最近我搬到了北推斯特，我知道你現在也住在北推斯特。我寫信是想告訴你，我想繼續我們之前的安排。為了閱讀《新犛牛時報》書評，我會在週日上午過去。

　　我聽說了你和黃鼠狼快遞服務的黃鼠狼對決的事。雞書店的顧客討論了好幾天，我當然知道涉入其中的是你。那絕對是你的特殊味道，錯不了。

　　不勝感激

　　　　　　　　　　　　　G.刺蝟先生

　　獾認為這封信似乎不像是「最糟糕的信」。他抬起頭，不確定該說什麼。

　　「明白了嗎？你明白了嗎？」臭鼬雙腳蹦來蹦去，對著那封信指指點點。他點頭如搗蒜，似乎認

為玃也看明白了。

「呃……」玃好不容易才出聲。

臭鼬澄清，「如果G.刺蝟先生在北推斯特，他會來拿走我的書評！」

玃皺起眉頭。「拿走？他不是這麼說的。」玃快速把信瀏覽一遍，然後輕輕點著那行文字。「他提到『之前的安排』。」

臭鼬嚇得倒抽一口氣。「之前的安排？才沒有什麼之前的安排。這是《新犛牛時報》書評！唯一的安排就是我把書評攤開在廚房餐桌上，吃著瑪芬然後閱讀。這就是我的安排。」臭鼬把爪子伸向空中，開始來回踱步。「G.刺蝟先生——刺蝟何其多！為什麼偏偏是他來這裡？」

臭鼬朝玃點了個頭。「我在以前住的地方認識了G.刺蝟先生。我訂閱了週日版的《新犛牛時報》，可是還不到兩星期，兩星期！書評就失蹤

了。」

　　臭鼬停下來看著獾。「我什麼方法都試過了！起初我以為只要報紙一碰到路面，我立刻拿走它就好。不幸的是，我向來睡得很沉。後來我交代報紙要放在既高又偏遠的『糖漿桃子』罐頭裡，結果還是失敗了！那次以後，我在絆線上裝設灑水器，但是最後被淋溼的為什麼只有我一個？」臭鼬來回踱步，「現在G.刺蝟先生已經搬到北推斯特，我能怎麼辦？我又要在杜鵑花叢底下發現皺巴巴的書評，或是看到它塞在回收垃圾桶內的果汁瓶下面，或是捲成一團放在丟棄的無趾靴子裡。」

　　這事想必沒那麼難搞吧！獾慢慢的說：「也許你應該跟G.刺蝟先生討論一下這個狀況，如果你告訴他……」

　　臭鼬舉起一隻爪子。「你不可以像那樣和一隻刺蝟說話！」

聽起來不像是什麼方法都試過了嘛，但是獾沒說把話出口。

　　臭鼬臉上露出失落的表情。「以後我要怎麼決定長篇故事之夜該讀什麼？沒有書評是個巨大的損失，想、想、想。」

　　獾的肚子咕嚕一響。他瞧了一眼時鐘，看到時針與分針交會在一起，壯觀的重疊在數字十二上。中午了！獾抖開餐巾——抖、抖、抖——把它鋪在腿上，然後抓起叉子等待，叉子就握在他的爪掌中。

　　臭鼬仔細觀察獾。他看著水槽裡的盤子，再回頭看了看獾，然後走到櫥櫃前面。他拿著一盒早餐麥片穿過廚房，把它放在獾的面前。接著在旁邊擺上一個碗和一根湯匙，最後是一杯水，而且還灑了一些出來。

　　獾盯著早餐麥片的盒子。「真是想不到啊。」

獾放下了他的叉子。

臭鼬瞅著獾。「午餐毀了，鍋子髒兮兮，你喜歡吃麥片。」臭鼬點了個頭，回到水槽前面。他把洗碗精擠到水槽裡面，打開水龍頭，接著拿起一只煎鍋洗刷起來。唰——唰——唰。

獾吞下一湯匙稀稀的麥片。

「X，就是這裡！」煎鍋「砰咚」一聲掉進水槽裡，濺起了水花。臭鼬躍向半空中。「尋石探險之旅！」

獾差點跌下椅子。

臭鼬滑過地板。「天天野餐，睡在星空下，在火堆上煮吃的，」臭鼬點著頭說：「你的岩石牆需要一塊字母A開頭的瑪瑙。我星期天不想待在家裡，沒有書評算什麼星期天啊？不過尋石探險之旅完全是另一回事。那是一場冒險，我來提供糧食！」臭鼬一把搶走餐桌上的麥片盒子。「這個吃

完了嗎？」他看著玃，「該去收拾行囊了，我們星期四出發。」

「且慢，且慢！」玃抓住麥片盒子，把它穩穩的放在廚房餐桌上。「我有重要的岩石研究要做。」

「好吧，那麼我們星期五出發，」臭鼬說，彷彿他們已經同意各退一步，達成協議。他傾身向前。「這瑪瑙石的位置有多遠？需要幾天的時間？準備糧食是需要計畫的。」

「不用計畫，不用糧食，讓我想一想！」玃一路趕著臭鼬跨過拉門，走進客廳。客廳是玃以前的石頭房間，最近才重新布置過，包括一張長沙發，兩把翼狀靠背椅，以及擺滿了書籍和桌遊的書架。

臭鼬跳到長沙發上。「你應該說『好』！」

玃把椅子轉過去，這樣他就不必看著臭鼬翹起來的腳丫了。

尋石探險？不可能！玃尚未研究他的地質調查

圖，也尚未畫出岩石一層一層的線圖和草圖：褶皺！斷層！期望中的侵入火成岩！

不過瑪瑙石、無盡湖……他找到那塊蜘蛛眼瑪瑙的地方，距離這裡只有半天的腳程，可以在他最喜愛的五號營地搭帳篷。他打算殷殷盼望失去的蜘蛛眼瑪瑙多久？臭鼬說得對，他應該適可而止，用另一塊瑪瑙取代，把費雪和他的背叛遠遠拋諸腦後吧。

更何況有臭鼬同行的話，飲食狀況也將大大改善。

「星期天出發，我們只離開一個星期。」獾低吼著說。

臭鼬從沙發上一躍而起，隨即大步湊過來。

獾舉起一隻爪子。

臭鼬停下了腳步。

「這並沒有解決你和刺蝟的問題，如果你想要

讀書評的話。」玃說。

臭鼬輕輕敲了敲自己的下巴。「我明白你的意思，」臭鼬笑得闔不攏嘴，「但那將是下個星期天的問題，起碼這個星期天，我不必面對一份沒有書評的週日版《新犎牛時報》。同時，我能在火堆上煮吃的，睡在滿天星斗下，天天野餐。X就是這裡！X、X、X！」

玃忍不住笑了。「你提供食物。」

臭鼬一臉嚴肅的看著他。「你提供X。」

「同意。」玃伸出一隻爪子。

臭鼬遲疑了片刻。「你會用X標出位置吧？我希望你會。」

「不會。」玃說。

臭鼬聳了聳肩。「這我可以接受。」說完，臭鼬便握住玃的爪子搖了搖。

今天是星期二。

第三章

　　星期三的早餐，臭鼬在獾面前擺了一杯熱巧克力，並且說：「你需要鉛筆和紙做計畫嗎？我有多餘的橡皮擦可以給你。我覺得手邊有橡皮擦，做起計畫會容易一些。你不能用所有的時間睡覺，獾。一定要張羅裝備和糧食，我推薦這張圖表給你。」臭鼬在獾面前揮動一張圖表。

　　獾一把打掉那張紙，繼續大口喝他的早餐熱巧克力。

　　臭鼬「哼」了一聲，回到爐子前面。一片玉米

餅丟進煎鍋，響起了滋滋滋的聲音。另一個平底鍋裡，有顆蛋被敲碎了。嘶嘶嘶！獾的肚子餓得咕嚕咕嚕叫，他瞥見放在架子上等待冷卻的瑪芬，於是起身伸出爪掌要拿。

臭鼬蹦到獾的爪子前面。「坐下！那些瑪芬是我做生意要用的，你的早餐一會兒就弄好了。」

獾低吠一聲，坐了下來。

臭鼬發出「嗯嗯嗯」的聲音，之後拿著鍋鏟刮了幾下，再連聲說出「好好好」，這才捧著一個鑲邊的盤子穿過廚房。「雞蛋玉米餅[3]！這是有史以來最棒的早餐之一。」一個煎蛋和一片炸玉米餅，四平八穩的攤在一個黑豆島上。島從紅海中升起。肉桂！辣椒！烤番茄！新鮮的豌豆和炸大蕉在島的邊

---

3 起源於墨西哥 Motul 鎮的早餐菜餚。這道菜是將雞蛋放在玉米餅上，搭配黑豆和奶酪。通常也搭配火腿、豌豆、大蕉和莎莎醬。

緣上下跳動。獾沒有猶豫，立刻抓起湯匙，將自己放逐到那個雞蛋做的孤島上。

等獾再次抬起頭時，發現廚房只剩下自己單獨一人。

「呵呵。」是時候把他的尋石探險旅行清單拿出來核對了。獾洗完碗盤，便衝上樓梯直奔檔案櫃！

───◈───

中午時分，一個黃色大背包端坐在前走廊上，獾慢跑過去仔細檢查了一番。外部框架調整方式豐富多樣，附有黃銅扣件的粗肩帶將頂蓋固定在正確的位置。兩個水壺口袋，一個冰斧扣環，頂蓋內還有一個口袋！他用一隻爪子撫過品牌標籤，忍不住輕輕吹了聲口哨。這個背包是日落冒險公司的獾天才們，用爪工製作與縫製──是獾專門為獾量身製

作的背包。

「噢。」

玀發現臭鼬和一隻奧平頓雞待在廚房裡。臭鼬坐在餐桌前用爪子旋轉一枝鉛筆，那隻雞站在桌面上。他們在研究臭鼬的圖表。奧平頓雞右眼看圖表，左眼看圖表，然後把雞腦袋歪向臭鼬。「波克，波克——波克。」他啄了一下圖表，啄得那張紙都跳了起來。

「打擾了，」玀指了指走廊，「那個背包——」

「玀！好極了！」臭鼬拿鉛筆猛戳著空氣，「你有盤子、杯子和兩根叉匙嗎？我需要你的裝備清單。還有你說你有多餘的睡袋，我要用。」

「睡袋、裝備清單，我知道了。現在說說走廊上那個背包……」玀瞧見一個鑄鐵平底鍋和一個鑄鐵燉鍋時停頓了一下。稍早，這兩樣東西都不在廚房裡。鑄鐵鍋？鑄鐵鍋不是很重嗎？還有一個巨大

的爐柵靠在櫥櫃上，看起來很沉重的樣子。

　　玀感覺有好幾道視線落在他身上，後來才發現臭鼬和奧平頓雞正盯著他看，左眼，右眼，眨眼。

　　玀說出重點。「臭鼬，那是你的黃背包嗎？那個大大的背包？在走廊上？」

　　臭鼬點了點頭。「英妮絲說我可以拿去用。蛋與蔬食者餐廳的英妮絲說：『臭鼬，把它從我爪子上拿走，它只會占空間！』她心目中的假期就是美景、一張床，以及一本好書。」

　　玀脫口而出：「英妮絲是一隻美洲玀。臭鼬，那是一個大背包。」

　　「越大越好！誰需要小背包啊？」臭鼬的眼睛閃著亮光，「而且它是黃色的！還有三個口袋！真是太完美了。」

　　「你要背上它？」

　　「是啊！它是有史以來最棒的背包。」

玃張大著嘴，聽得目瞪口呆，但他認為這不關他的事。

──◦◦◦◦◦◦──

　　星期四，玃把自己打算攜帶的東西統統擺在石頭房間的地板上，並且開始減輕他的負重。倘若有一件東西是必要的，那他就會帶著。多用途可以進一步減少物品的數量，最後他就可以削減重量了。「沒有人需要牙刷的握柄！」啪！

　　必需品：附有防雨頂蓋的「挖洞去」帳篷、帳杆和地釘。也是必需品：「火山岩床」睡袋，內側橘紅色，外側是一再重複的火山岩與熔岩岩。他還要帶上睡墊！夜晚睡不好的話，他還有什麼用？玃偏好結實輕巧的鈦和質輕且軟的矽製造的產品。他真的很喜愛輕便的鋁製品，但也認為鋁製品有其風險，它太脆弱了。

48

其餘物品都受到了審問。「證明你的價值！」玀低吼著：「你為什麼有其必要？你能做多少事？不止一種？兩種？三種？」如果這件東西過關，玀便會把它放到秤上秤重。玀留下紮染印花大手帕，可作為餐巾、隔熱墊、帽子。重量？才十四公克。他考慮著X34強光手電筒的好處。不必要！玀通常在黑暗中也看得見！接著他又想：它只重五十六公克！額外的照明也有幫助。他決定帶上手電筒，不帶梳子了，不然爪子是幹麼用的？然後他打包了他的「背上就走」背包，看看是否裝得下所有東西。

玀拉過頂蓋向下扣。裝得下！可是背得動嗎？玀發出「哼」的一聲，將臂膀穿過背包肩帶，扣上腰帶和胸帶，再將它們束緊，然後彎身向前。背包裡的東西移動了位置，帆布發出沙沙聲。他向前跨出一步，兩步……忽然蹲下去又站起來，接著用一隻後腳跳躍，再換另一隻，最後拍了拍兩隻爪掌。

「好耶！」他的「背上就走」背包也許會受損、刮到或彎曲變形，但它一再證明了自己的價值。「好棒的『背上就走』舊背包。」為了慶祝，獾卸下背包，拿起他的烏克麗麗。尋石探險之行怎麼可以沒有烏克麗麗？沒有烏克麗麗的話有什麼意義？烏克麗麗是不可或缺的！

這會兒獾的爪子刷過琴弦，嗶──哎喲──哩──嘣！

獾露出一臉痛苦的表情，他一邊轉動琴弦的調音器，一邊反覆撥弦。嘣──邦──砰──賓。

他點了點頭，彈奏起來。嗶──哎喲──哩──賓！

一首歌的旋律響起。「永世」是獾寫的歌曲，內容是關於地球在極漫長一段時期的歷史，這段漫長的時期就叫作「永世」。旋律優美，而且具有地質意義！

獾閉上眼睛嚎叫起來。「啊啊啊啊噢噢噢噢噢。」並且把C7和弦彈得嘎嘎響。

這首歌是這麼唱的：

大（D7！）轟（D7！）砰（D7！）

（D7）冥古宙[4]

　　生日快樂，地球！火山，酸性的海洋，

　　當心隕石。

（E7）太古宙[5]

　　岩石紀錄開始。細菌、細菌、細菌終於

　　出現了！

4　Hadean eon，地球地質年代最初期的階段，該時期的環境原
　　本被認為有如地獄般惡劣。

5　Archean eon，始於約四十億年前。

（F7）元古宙[6]

蟲、水母，還有雪球地球[7]。蟲、水母，
還有雪球地球。

（G7）顯生宙[8]

看哪，貝殼！你以前有沒有見過貝殼？
沒有！

生命演化、多樣化、爆發——砰（G7！）
——生命的巨響。

恐龍時代——隕石撞擊（G7！）——哺
乳類時代。

---

6 Proterozoic eon，寒武紀之前的地質年代，距今二十四億年前
　至五點四一億年前。

7 Snowball Earth，為了解釋一些地質現象而提出來的假說。該
　理論指出新元古代Neoproterozoic曾發生一次嚴峻的冰河
　期，地球海洋全部凍結，冰川覆蓋整個地球表面。

8 Phanerozoic，從寒武紀開始至今。

歌曲在漫步般的 A 和弦、G 和弦、D 和弦中結束，讓獾有時間做好唱第二段歌詞的準備。第二段歌詞將顯生宙分為紀元與時期。「生命的巨響」是廣闊的，需要耐力。

然後是一段嘎嘎嘎的 C7 和弦彈奏！獾吸入空氣，張開嘴就要引吭高歌，接著——

「那是一首歌嗎？」獾聽見了提問。

獾睜開眼睛，看見臭鼬站在那裡，在他的石頭房間裡，又一次。

臭鼬看到獾臉上的表情，於是指了指房門。「你還是沒有掛牌子。你沒有大喊這是岩石還是礦物，而且我聽見了烏克麗麗的琴音，」他傾身向前，「伊安是誰？」

獾發出呻吟。「是永世（Eon）不是伊安（Ian），這是劃分不同地質年代的名稱好嗎？」

「噢。好吧。」臭鼬撓著一隻耳朵，然後細看

閣樓堆得亂七八糟的部分。「那個浴缸裡有個東西，我們在尋石探險時用得上，你介意我拿走嗎？」

獾不介意。

臭鼬鑽進浴缸不見蹤影，等他再度出現時，爪子上多了一頂三角帽。

獾眨了眨眼睛。

臭鼬抽拉了幾下帽子。「三個角！不是每頂帽子都有三個角。」臭鼬把三角帽夾在肘部底下，轉身離開。

———————◆◇◇◆———————

星期五上午，在一聲轟隆和一次閃電中展開。獾帶著他打包好的「背上就走」背包來到樓下的後門廊，讓它靠著褐砂石牆壁。

大雨滂沱，啪答、啪答、啪答。

臭鼬跟隨獾走到外面。他拿了兩碗花生醬與香蕉燕麥片，遞給獾其中一碗和一支湯匙，然後開始吃另一碗。

獾嚥下一大匙燕麥片，說：「雨一停我們就出發。」他的心中湧起一陣喜悅。無盡湖！尋石探險！真是睽違已久的旅行，他為什麼會耽擱這麼久呢？

喀、喀、喀，砰！啪答、啪答、啪答。

獾看著臭鼬問：「你準備出發了嗎？」

臭鼬點了點頭。「差不多了，」他對獾咧嘴一笑，「我的打包清單多虧有雞群大力幫忙。雞什麼事情都注意到了，啄一下，就去找，找到了，再啄一下。我可以誠實的說，所有可能發生的情況、結果、變動、修正和改變，我都考慮到了，包括所有的天氣狀況。」

獾咕噥一聲表示同意，同時吃了更多的燕麥。

大雨滂沱，啪答、啪答、啪答。

「當你自以為了解一隻雞的那一分鐘，就免不了要大吃一驚！」臭鼬看著獾，「哈！雞和物理學使你深受震撼，哈哈！」

　　獾不覺得這有什麼好笑。

　　臭鼬等待著。

　　獾惱火的噴了口氣。「好吧，是的，雞群出乎意料的熟悉物理學。」

　　「熟悉？哈？你怎麼能說雞群只不過是『熟悉』物理學？雞群利用量子躍進[9]在一個地點消失，然後再出現在另一個地方。真是太令人佩服了！」臭鼬停頓一下，一隻腳輕輕敲著地，「不過我不喜歡住在雞舍裡，臭鼬天生不適合在雞舍棲息。」臭鼬聳起眉毛嘆了口氣。「下雨的時候在門廊上吃燕麥

9　量子物理學的術語。指電子從原子的一個軌道跳躍到另一個軌道的過程，這個過程是不連續的。

片真愉快，但我們等等再見？最後我還要做幾項準備，然後就可以出發了。」臭鼬走進屋內，紗門在他身後「砰」的一聲關上。

啪答、啪答、啪答。

獾大口吞下最後的燕麥片，走到門廊邊緣凝視灰濛濛的天空，接著他也進屋去了。

最後幾項準備？臭鼬的「準備」占滿了椅子、流理臺和廚房餐桌，每個袋子都鼓鼓的。流理臺上擺滿了包好的午餐袋，瓦罐中堆著炊具，角落塞了一堆露營裝備，幾袋乾燥水果：葡萄乾、杏桃、蘋果片堆在鑄鐵煎鍋裡，燉鍋裡塞了滿滿的洋蔥、馬鈴薯和胡蘿蔔。獾看見一袋五磅重的麵粉。五磅？那頂三角帽在一顆巨大的古巴硬南瓜上快活的搖晃著。那些鈦製品和矽製品在哪裡？若有幾樣鋁製品他就滿意了！獾找了半天卻沒找到，不在那裡，東西太多、太雜、太重了！

玀把他的燕麥碗放在一份包好的午餐上，他沒有別的地方可放了。他清了清嗓子說：「這些東西全都裝得下嗎？你有沒有打包試試看？天氣一放晴，我們就要出發了。」

　　臭鼬似乎有點驚訝。「我向來都是在出發前才打包我的紅色手提箱。」

　　玀指了指四周。「可是臭鼬，這裡的東西比睡衣褲、一只雞哨子和你的故事書多多了。」

　　臭鼬考慮片刻之後說：「我要帶上我的睡衣褲和雞哨子，故事書就不帶了。」

　　玀怎麼也想不通。他揮了兩下爪子。「等你打包好再來找我，我會在我的石頭房間。」

　　吃午餐時，廚房看上去並沒有比較好。「我認為應該把我們的舊麵包吃完，法國洋蔥湯配麵包丁。」

　　晚餐時也一樣。「舊麵包還剩最後一點，水蜜

桃麵包布丁！還有椰香米飯搭配烤蔬菜。」

算了，反正雨還在啪答、啪答、啪答的下。

晚餐過後，臭鼬同意他們應該在星期六上午出發。

「一大早？」貛開口詢問，同時痛苦的瞥了一眼仍然堆在四周的東西。

臭鼬猛點頭。「《新犛牛時報》書評星期天才有。除非必要，我一點也不想更靠近星期天。」

◆───❖───◆

星期六，貛做了最壞的打算，懷著沉重的心情走下樓梯。

看哪，黃色的日落冒險背包！東西不但打包好了，而且還站得直挺挺的！廚房裡清爽又乾淨，餐桌上點著一支蠟燭，還擺了兩個位子，有餐墊、餐巾、餐具和一杯水。貛慢慢轉過身，然後坐下。

「統統打包好了？」

「是的！」臭鼬放下一杯早餐熱巧克力，和一個盛著雞蛋與鱷梨三明治的盤子，然後開始報告新聞，「所有東西都裝進去了，每一樣！之前我還不太有把握呢，」臭鼬咧嘴一笑，「真是了不起的背包！以後我們去野餐可以帶上它了。」臭鼬拿著自己的馬克杯和盤子快步經過背包時，還輕輕拍了它一下。

獾瞥見經過背包旁的臭鼬時，不自覺的停止了咀嚼。黃色讓每樣東西看起來更大了，他這麼告訴自己。那背包看上去仍然大得可怕，它高聳挺立並且在地上投下了陰影。獾費勁的吞著口水，細看那些隆起與突出的部分，還有拉長的帆布。為什麼都是直角？為什麼那些是火鉗、馬鈴薯搗碎器和剪刀的想法會在腦中跳舞？獾把他的三明治放在盤子上。

臭鼬一邊咀嚼，腦袋也開心的左右來回晃動。

　　「既然打包好了，你有沒有……呃，把它背到背上試試看？」獾問。

　　臭鼬看了獾一眼。「何必呢？那是為我們的背製作的背包，如果東西裝得進去，那就背得起來。這是理所當然的吧。」他皺眉說：「不然你以為背包是用來幹麼的？」

　　「呵。」獾好不容易才發出聲音。

　　他們一起洗碗盤。臭鼬遞給獾最後一個盤子，然後在他的毛衣上擦乾爪子說：「該去拿你的背包了，我們五分鐘後離開！」

　　獾的「背上就走」背包，放在他樓上的臥室裡。他頓了頓，痛苦的看了臭鼬一眼。「那個背包需要我幫忙嗎？」他盡可能擠出一絲不經意的微笑。

　　臭鼬板起面孔。「不用，我可以的。」

玁一步踩著兩級階梯上樓，他是在打開房門時聽見的。

　　「啊啊啊啊！」

　　嘶嘶嘶嘶嘶嘶砰咚！

　　玁奔下樓梯，衝進廚房。

　　臭鼬倒在地板中央，他被身後的背包背帶綁住了，胳膊和腿在空中揮舞著。「哦，玁，你來啦，你可以拉我一把嗎？」

第四章

「你得拿一些東西出來才行。」玀說。

臭鼬搖搖頭。「那是不可能的，放進去的就留在裡面。」

玀摸了摸眉毛。「臭鼬，你摔倒了。」

「我是重心不穩，」臭鼬環視廚房後，指著椅子說：「幫我把背包放在上面。」

在一番費力掙扎、拉抬和哀號之後，他們做到了。黃背包擱在那把椅子的座位上，臭鼬正用一邊的肩膀抵著背包，一隻後腳撐在椅腳上，不停的喘

著粗氣。

獾伸出爪子想要幫忙。

「不用。」臭鼬嚴肅的看了他一眼，喘得上氣不接下氣。「背上你的背包，」他喘了口氣說：「在走廊上……呼、呼、呼……等我。」說完，他又喘了一口氣。

———————

兩分鐘後，背上背包的獾站在前走廊上。他聽見廚房傳來喃喃自語：「好極了，」喘氣，「好，」喘氣，「好、好、好。」喘氣。帆布咯吱咯吱作響，背包裡的東西匡噹匡噹互相碰撞，接著在一陣「呃呃嗯」之後，椅子發出尖銳刺耳的聲音，然後撞到地板上。砰咚！

獾等著勢必隨之而來的嘩叫，卻見到兩隻小小的腿，頂著一個巨大的黃背包蹣跚來到走廊。

66

「請⋯⋯開⋯⋯門。」

獾退到門口，然後轉身去開門。「別忘了通往人行道的階梯。」獾在黃背包經過身旁走下門前臺階時喊道。臭鼬搖搖晃晃的往下走，跨步，兩腳併攏，向下，跨步，兩腳併攏，向下，跨步，兩腳併攏。「走到最底下了。」獾鎖上大門時大喊。

黃背包順利右轉後，穩穩的向前移動。

舉步維艱，一步一頓，負重前行。

兩隻綿羊一邊咀嚼，一邊注視著黃背包從眼前經過。看到獾追著黃背包跑時，又盯著看個不停。

「盯著人家看很沒禮貌。」獾不滿的說。

「咩。」一隻綿羊說，眼睛眨也不眨，

獾趕到黃背包旁邊說：「我帶了地圖。我來帶路，好嗎？」

臭鼬的聲音飄了上來。「好。」

舉步維艱，一步一頓，負重前行。

玃走上小徑。「你確定你從背包底下看得見我嗎？」

　　「看得到（舉步維艱）……你的腳踝（一步一頓）……繼續走（負重前行）！」

　　於是玃走在前面，黃背包跟隨在後，玃的耳朵開始留意傾聽舉步維艱、一步一頓的聲音。若是沒聽到期望中的負重前行，玃便會驚慌的猛轉過身、擔心不已。

　　這完全不是玃想像中的無盡湖之旅，更糟糕的是，這原本可能是一次完美的徒步旅行。經過星期五暴風雨的肆虐之後，留下一個滿眼皆是綠寶石、玉石和綠松石的炫目世界。陽光普照，兩片雲飄過藍天，臭鼬本來應該對著田野間的山羊大喊幾聲哈囉才是。還有那棵長了樹瘤的蘋果樹？臭鼬應該摘下一顆蘋果，喊著「單寧酸、單寧酸、單寧酸，味道很澀」才對。玃想像臭鼬說：「我要叫它『釀酒

用的蘋果』。獾，你要叫它什麼？」

然而這些情況都沒有發生。

發生的只有：舉步維艱，一步一頓，負重前行。

活像是被一塊恐怖的乳酪跟蹤！

等獾抵達手風琴山脊時，臭鼬已經舉步維艱、一步一頓、沉重的走了四個鐘頭。四個鐘頭！此外，手風琴山脊是最高點，距離無盡湖的五號營地還不到一英里。臭鼬幾乎做到了！獾轉身看黃背包向上攀登，等它來到面前時，獾堅定的告訴臭鼬，現在是吃飯時間了。

一步一頓之後，黃背包停住了。臭鼬的膝蓋在發抖，肩帶的扣件開始嘎嘎作響，然後背包歪到一邊。獾急忙將黃背包背到一塊巨石上，並且卸下臭鼬的肩帶。

汗流浹背、渾身溼透的臭鼬像是快淹死了。臭

鼬胡亂摸索黃背包的帶釦時，眼中流露出一種朦朧、遙遠的神情，最後他有氣無力的朝玃扔過去一個午餐袋，但它掉落在一叢蕨類植物裡。後來臭鼬抓起他的水壺，旋開蓋子，咕嚕咕嚕咕嚕咕嚕的牛飲起來。

玃將他的午餐袋拿到可以看見山谷景色的一處草地。臭鼬「砰咚」一聲，重重癱坐在玃的身邊，然後在沉重的嘆息聲中打開自己的午餐袋。他拿出三明治，一次打開包裝紙的一角咬了一口。三明治嚼到一半，臭鼬的頭開始上下晃動，接著左右搖擺。一陣嘀咕之後，他的頭連同三明治一起掉了下去。「這呃呃呃嗯嗯嗯嗯……個……嘎。」

「臭鼬？」玃搖晃他的肩膀。

臭鼬的眼睛突然睜開。「漂亮的草地……廣闊的視野……北推斯特太小了。」

「我來背那個背包，」玃強而有力的說：「你背

夠了。」

　　臭鼬扭過頭去瞅著黃背包，隨即又扭頭回來凝視風景。

　　玃也跟他做同樣的事。手風琴山脊在玄武岩岩石褶皺中墜入藍綠色的山丘，重重山丘綿延不斷，直到那裡出現一片稀稀落落的屋頂，一座尖塔，一排褐砂石屋為止。

　　「我喜歡這裡。」臭鼬說。

　　玃微笑著抖開他的地圖。「讓我指給你看我們在哪裡。」

　　他們就這麼坐了一會兒。臭鼬吃完他的午餐，玃在地圖上指出幾樣東西，等臭鼬開口問：「那是無盡湖嗎？」、「五號營地在哪裡？」的時候，玃便知道臭鼬的體力漸漸恢復了。

　　臭鼬終究還是不肯讓玃背上黃背包。「只剩半小時，而且都是下坡路不是嗎？下坡是最輕鬆的部

分了！」獾竭盡所能暗示下坡往往比上坡更難走，可是臭鼬毫不理會。「我一路走上來這裡，現在差一點就能走完全程了。」他邊說邊讓獾幫他背上背包。

舉步維艱、一步一頓、負重前行。

獾看著臭鼬登上最後幾英尺的山坡，並且在拐彎處消失後，這才走過去拿他的「背上就走」背包。

「哇！」這聲叫喊讓獾停下了腳步。

樹枝嘎吱嘎吱響，他聽到一陣急促的聲音。「哇──哇！」

緊接著「砰咚」一聲！有個東西重重的砸了下來！

「嗚噢噢噢噢噢噢噢啊啊啊啊啊！」

「臭鼬！」獾拔腿飛奔，邊跑邊把他的「背上就走」背包吊掛在身上。

獾看見折斷的樹枝和一棵壓扁的小樹苗。

他在第一個拐彎處找到一個勺子，再走幾步呢？是一個鑄鐵鍋。

一個陡峭的山坡上，有個搖搖欲墜的風箱。

「糟了！」獾走到山頂往下看。

沿著斜坡向下⋯⋯向下⋯⋯向下，獾看到一片暈開的黃色，上面有個臭鼬大小的黑點。

「撐著，臭鼬！我馬上到！」獾放聲吶喊。

「這是樹林嗎？」他聽見了。

臭鼬四仰八叉的躺在黃背包上，肘部向後，兩隻爪子抱著自己的頭，似乎是在仰望天空。獾靠近的時候，臭鼬滾到一邊，倚靠著肘部說：「你見過

這麼多樹葉繁茂的小島在樹枝上搖擺嗎？」

獾瞟了他一眼。「你沒事吧？」

「還好吧？我想？」臭鼬坐起身，轉動幾下他的爪子和後腳，然後點點頭。「是的，我很好。」

獾本來應該覺得鬆了一口氣，但他背著背包奮不顧身的衝下斜坡。他剛才和重力、樹枝纖細的灌木叢，以及未知的地勢有過一番搏鬥。不僅如此，他還捧著一堆各式各樣奇怪且笨重的東西。獾任由所有東西從他懷裡掉下去，風箱、勺子，還有鑄鐵鍋嘩啦嘩啦的掉在地上。「剛才你在那邊發生了什麼事？」

臭鼬驚奇的搖了搖頭。「我滑倒了，倒在背包上一路溜下山坡，就像一顆黏在土司上的蛋。我可不推薦你試試看。誰會選擇一頭栽下山坡，而且還是倒著溜呢？」然後他聳了聳肩，「很令人振奮！可以這麼說。」他環顧四周。「這裡的樹真多！」

臭鼬站起來揉揉肩膀，同時慢慢的轉一轉。「除了樹還是樹還是樹……還是樹，」他看著獾說：「我們正式進入樹林了嗎？」

獾皺起眉頭。「大概是吧。」

「哈！我終於在樹林裡了！」臭鼬單腳旋轉，然後坐在黃背包上。

獾注視著臭鼬。「你從來沒有到過樹林？可是你知道如何在火上煮吃的。」

臭鼬看了他一眼。「在火上煮吃的，不一定非得在樹林裡。以前我用十號馬口鐵罐頭在火上煮東西吃，那時我住在……」他看著獾，沒有把話說完。

一首歌繚繞在空氣中。它咯咯笑著，旋轉迴盪了一會兒，隨即盤旋而去。

臭鼬坐直身體。「那是小精靈嗎？」

「哈！」獾笑了，「是一隻畫眉鳥在唱歌。」

「畫眉鳥，」臭鼬悄聲重複，「我一定要認識一隻畫眉鳥。」說完，他打著呵欠，揉了揉眼睛，又打了個呵欠，一臉驚恐的站起來跳上跳下。「快醒醒！快醒醒！」臭鼬急切的看著玃問：「我們離五號營地有多近？」

玃一轉過身，便看見他左邊有根烙上數字 5 的柱子。「真是令人難以置信，」玃嘟囔著揮動他的爪子，「五號營地就在那邊，你找到下山的捷徑了。」營地一如玃記憶中的模樣，他望著圍繞火坑的原木座椅和適合搭帳篷的苔蘚地面，忍不住露出了微笑。

「太好了，」臭鼬說著，又抽出一個午餐袋塞到玃的爪子裡，「你吃這個，我現在就要睡覺了。」

現在才四點。

十分鐘後，玃坐在無盡湖滿是鵝卵石的岸邊，吃著花生醬與果醬三明治。一隻環嘴鷗在空中盤

旋。「啊噢！啊哇。啊噢！啊哇。啊噢、啊噢、啊噢。」湖水啪唰——啪唰——啪唰的沖刷著。

獾吃了一口三明治，開始追憶過去。無盡湖，一切開始的地方！他在一個用爪子挖的樹下獾洞穴裡長大，接受獾的傳統教養。雖然住得舒服，但洞穴陰暗且處處都是坑道，而且還有四個兄弟姊妹。獾小時候常常因為洞穴塌陷、手足爭吵而到無盡湖躲避，這裡也是他打水漂彈跳二十三次的地方！

這時，獾撿起一塊藍灰色的打水漂石頭，在爪掌中滾動。老玄武岩，源自於前寒武紀[10]。以前獾不知道他最偏好的打水漂石頭，是來自於十一億年前一次火山爆發的熔岩。無論如何，尋覓適合打水漂的石頭這件事，促使他開始翻找石頭，而在翻找石

---

10 地球演化史上最古老、漫長的地質時代，包含：冥古宙、太古宙、元古宙等時期。

頭，引導他找到了瑪瑙。

獾找到他的蜘蛛眼瑪瑙，是在一場大暴風雨過後。暴風雨掀起無盡湖畔一帶的岩嶺，於是獾等到暴風雨過後，便早早起床去找石頭。那天早上，金色的陽光從漸漸鬆散的雷暴雲頂漫溢出來，雨水浸透的石頭閃閃發光。他在岩嶺頂上一個開闊的地方找到了那塊瑪瑙，它的大小跟緊握的爪掌差不多，而且充滿了色彩、漩渦和眼睛的花樣。因為那些眼睛圖案，他為瑪瑙取名為「蜘蛛眼」──圓圈中還有圓圈，白色、黃色，以及不同色調的橙色與紅色。沒有多久，他的心中便生出一些問題：那些眼睛圖案是怎麼形成的？為什麼瑪瑙有些部位透明清澈，有些部位卻昏暗渾濁？為什麼是生鏽的顏色？諸如此類的問題一個接著一個，獾學會了岩石科學。

是的，他的蜘蛛眼瑪瑙是一切的開始。

費雪！玀聽見他腦中費雪的聲音，「誰撿到就是誰的。」上拋，啪。

霎時間，玀忽然覺得喘不過氣，而且絕望透頂。「我在這裡幹麼？我的蜘蛛眼瑪瑙永遠都是我的字母Ａ石頭！」玀心情沉重的吞下他最後一口三明治。

太陽即將下山，湖水的色彩拉得好長，而且閃閃發光。一陣微風掠過湖面，接著又翻滾回來蝕刻、抹去、亂塗一通。一道波浪破碎後，接著又是一道波浪。一個傾斜，一次滑行，一個崩塌——湖水啪、啪、啪的打在石頭上。

「哈！」玀笑了。他的蜘蛛眼瑪瑙指引他走上他的道路，難道這還不夠嗎？那塊瑪瑙已經讓他獲益良多，不管它現在在哪裡。

獾返回五號營地時，臭鼬已在空地中央熟睡。
他穿著睡衣睡褲躺在向獾借來的睡袋上。獾嗅了嗅
空氣中雨水的味道，判斷臭鼬露天睡覺應該沒有問
題。

　　然後獾注意到黃背包。嗯，他走過去查看，兩

條固定頂蓋的帶子斷了一條，不過帆布完好無損。沒有破洞，沒有裂口。玀用爪子順著帆布摸過去，然後搖了搖頭。這是一場日落冒險！沒想到跨騎在一個「日落冒險」背包滑下山坡後，背包居然還可以用！黃背包裡裝滿了食物，得把它收好免得招來其他動物。他在心中盤算了一下。

　　玀搭好帳篷，完成一些日常瑣事之後，便拿出他的烏克麗麗。

　　嗶──哎喲──哩──賓！烏克麗麗的琴音響起。

　　「嗶！嗶兜呸！」一隻北美夜鷹唱著。

　　他又撥動琴弦。嗶──哎喲──哩──賓！

　　「嗶！嗶兜呸！嗶！嗶兜呸！」那隻夜鷹唱著。

　　「真是令人心滿意足的一天！」最後，玀在鑽進帳篷時這麼想著。他脫下衣服，然後睡著了。

第五章

「砰咚」一聲，接著是小聲一點的「砰咚」。

玀顫抖著醒來，胡亂穿上衣服，拉開帳篷的拉鍊，然後露出門牙衝到空地上。

「吼吼吼惹惹惹──嘩。」他大吼一聲，倏地停了下來。兩個背包都在地上，旁邊是一個滑輪和一根繩子。

「你不會相信的，」臭鼬大步走過來，頭上戴著那頂三角帽，「你猜今天早上我們的背包在哪裡？你絕對猜不到。」臭鼬根本沒等玀開口猜測，

就朝著五號營地邊緣的那棵大樹，做了個無比隆重的手勢。「在那棵樹上！高高的樹頂上——非常高的地方！不管是誰幹的，都是利用這個滑輪和那條繩子。為什麼有人要做這種事？我花了好長一段時間找我的背包，後來抬頭一瞧才發現。玃，我怎麼也料想不到，我的黃背包竟然會吊掛在空中，它又不是氣球！」

玃說：「是我放的，我把背包吊到樹上。」

臭鼬目瞪口呆。「你幹麼那樣呀？」

玃解釋：「這麼一來，熊才不會接近它們。」

臭鼬的鼻子皺了起來。「因為熊？」

「是的，為了避免食物被熊吃掉。」

「熊？」

「有備無患，免得後悔。」

「哈！」臭鼬笑得前俯後仰，「哈哈哈哈哈！」他走近玃，不過走到一半，他拍了拍膝蓋。「玃，

你騙過我了。熊——你好厲害！」他扶著身體兩側，「我，哈哈哈，差點以為，哈哈哈，熊，哈，是真的，哈哈哈哈。」

獾交叉著雙臂說：「熊是真的。」

「才不是！」臭鼬猛然倒吸一口氣，盯著獾看了好一會兒，「你是說熊住在樹林裡？還是你想哄騙我這個城市臭鼬？」

獾清楚而明確的回答。「是的，熊，住在樹林裡。」

「真的！呵。」臭鼬眨著眼睛，望向四周的樹林，然後點了點頭。「好吧，熊……」他說著聳了聳肩膀，看著獾說：「可是獨角獸呢？我聽一頭獨角鯨說過這個生物，你覺得哪個比較有可能？一隻長了角的海豚？還是一匹長了角的馬？」

-·—◈×◈—·-

85

早餐是新鮮的軟餅（一袋五磅重的麵粉？）和在鑄鐵煎鍋（好重！）裡煎熟的蛋（放在背包裡？）。風箱一直放在一旁，準備噗呼、噗呼、噗呼的吹旺爐火。然而，當獾嚥下他最後幾滴火烤可可時，也不得不承認這是他吃過最棒的一頓尋石探險早餐。

　　「好吃極了！」獾喊道。

　　臭鼬摘下頭上的三角帽，然後一鞠躬。

　　他倆清洗碗盤，他倆把營地收拾乾淨，他倆打包當天的小背包，然後獾開始將兩個大背包用繩子串拉到樹上。臭鼬跨出一步，站在獾和「日落冒險」黃背包之間。「你確定有這個必要？這樣實在很不方便。」

　　獾反駁道：「一頭熊會吃掉所有的食物。」

　　臭鼬皺著眉頭。「統統吃掉？」

　　「統統吃掉。」獾把他的爪子放在背包上。

臭鼬擔心的看了他一眼，但仍跨步走到另一邊。玁用滑輪把背包拉起來，再用繩子打個結。

　　「向 X 邁進！」臭鼬大喊。玁指出通往無盡湖的路，臭鼬便一躍向前。玁抓起他的小背包，然後慢跑趕上。抵達無盡湖時，他們沿著鵝卵石湖畔散步。一小時後，他們來到一條小溪邊，跟隨小溪進入樹林。「樹林。」臭鼬低聲說道。十五分鐘後，玁聽到八分音符、三連音和切分音[11]的拍打聲。湖岸漸漸斜向一邊，他們繞過一個綠樹成蔭的彎道，然後……是瀑布！水從瀑布頂上流瀉下來，傾注在一個又一個突出的岩石上。水流嘩嘩打在下面的水池裡，發出隆隆的鼓聲，並且升起一道彩虹！

　　臭鼬咧嘴笑了，把兩隻爪子放在臀部上。「這

---

11 在樂理規則中，經由同音高的音符結合，能使樂曲的強拍、弱拍產生異動，使得強拍變成弱拍，或弱拍變成強拍。

裡看起來像X。」

「是啊，我想它是X吧，這裡就是我們要找的地方。」

「X就是這裡！」臭鼬扔掉背包，打開頂蓋的帶扣。不一會兒，他已頭戴三角帽，捧著一塊錫板涉入小溪。

「你在做什麼？」獾問。

「當然是淘洗瑪瑙啦！」臭鼬把一隻爪子伸進溪水裡，撈出了滿滿一爪石頭。他將石頭堆在板子上搖晃了幾下。「啊！」臭鼬從裡面挑出一顆石頭，放進口袋裡。

獾的眼睛望著瀑布。重要的岩石研究——快呀，快呀！他打開背包，將石錘、鑿子和刷子吊掛在他的工具腰帶上，再拿放大鏡的掛繩套著脖子。他在頭上綁了紮染大手帕，然後瞧見一塊令他感興趣的石頭。「呵，」他走過去仔細打量，「嗯……」

一個上午就這麼過去了。

　　午餐是吃早餐剩下的軟餅、三根燕麥棒，以及兩塊椒鹽捲餅。吃午餐時，他們對照彼此的成果。臭鼬在玃的爪掌上，倒出滿滿一爪子的小瑪瑙。玃用一根爪趾仔細整理。「嗯……是的，沒錯……呵。」

　　臭鼬在一旁觀看，然後說：「我最愛的是這一塊，」他掏出口袋中那塊有細密紋理的玄武岩，「你看！」他輕輕敲著卡在玄武岩中的一顆條紋瑪瑙。

　　玃咧嘴笑了。「一顆瑪瑙嵌在裡面，真好看！」

　　然後玃給臭鼬看他找到的苔紋瑪瑙。「裡面長了植物嗎？」還有一大塊由黑色和紅色組成的碧玉。「顏色漂亮，觸感平滑。」

　　午餐後，臭鼬宣布午睡時間到了。「我要睡在那邊那棵樹底下。」他指著樹的方向說。

在綠葉繁茂的樹下睡午覺，聽起來很誘人，但是獾有重要的岩石研究要做，每分鐘都很重要，他必須專注，專注，專注。

———— ✳ ————

聽見背後傳來腳步聲的時候，獾正俯身面向一個水池。

「喲，獾，你好啊。」

是那個聲音。獾僵在原地。

「又在找瑪瑙嗎？呵呵！」

獾甩掉爪子上的水，然後轉過身去。

他站在那裡。獾把那頂軟草帽、那身泡泡紗西裝，還有那根手杖和檸檬黃平底便鞋全都看在眼裡。「費雪，你想幹麼？」

「表兄，是這樣的嗎？」費雪假裝一副畏縮的樣子，「天哪，我還以為我們是朋友。」

獾不屑的說：「朋友不會搶走朋友的石頭。」

費雪歪著頭，露出一臉可憐對方的表情。「還在為那件事生氣？噢，獾，過去的事就讓它過去吧。」

「那塊蜘蛛眼瑪瑙屬於科學。」獾說得齜牙咧嘴。

「呵！」費雪笑了，「那麼『蜘蛛眼瑪瑙』就是它的學名嘍？你對科學又了解多少？」費雪拿拐杖猛戳他，「當時你不過是找到一塊漂亮石頭的獾，你真該看看自己參加鼬鼠家族聚會時的德性，呵呵！」他搖搖頭，咯咯笑了。「你整個週末都在到處閒晃，眼珠子老盯著一塊瑪瑙，」他靠近獾說：「說不定我還幫了你的忙。」費雪把爪子伸進褲袋，推擠著某個東西。

獾忍不住了，他一定要搞清楚。「你把它怎麼了？」

費雪注視著玀。「呵！你還想要一塊瑪瑙嗎？像你這麼一位重要的岩石科學家？呵呵！」他把拐杖插在地上。

　　「你好大的膽子。」玀咆哮道。

　　費雪點了點頭。「是的，我喜歡把自己想得膽子很大，」他把爪子抽出褲袋，然後伸出去，「你覺得這些怎麼樣？」

　　玀看了看。費雪的爪子上有一堆小塊瑪瑙，其中有顆瑪瑙還嵌在玄武岩中。玀向它衝了過去。

　　費雪縮回爪子。「那隻臭鼬是你的朋友？這倒是出人意料！玀和臭鼬一起混？你大概就像一根鋒利的棍子一樣熱情好客吧？那麼臭鼬呢？」費雪豎起他華麗的尾巴，挑起一邊的眉毛。

　　「我跟誰在一起不關你的事。」玀交叉雙臂，彎起身子。

　　「呵呵！」費雪咯咯笑著，「你那個臭鼬朋友蒙

著一頂三角帽睡著了，還把他的石頭排成一個小圈圈圍繞著他，這叫我怎麼抵擋得了？」費雪推擠著口袋裡的東西。

「你給我滾開，費雪。」玀轉頭示意要他「離開」。

「玀不好客了？不熱情款待了？我一直搞不懂魯拉阿姨究竟看上你哪一點。不過家人就是家人，更何況做各種瑪瑙的重要岩石研究，一定很難維持生計，」費雪把爪子伸到他的泡泡紗西裝內，掏出一張名片，然後在空氣中搖晃兩下，「需要幫助的時候，這是我的聯絡方式。」

玀惱火的噴著氣。

費雪把名片放在一塊石頭上，看了玀一眼，隨即用拐杖輕輕點一下他的軟草帽帽簷。「你永遠都會是一隻鼬鼠，表兄。」他轉過身，玀目送他沿著小溪往前走。

等費雪走出視線，獾才拿起那張名片。他看著
名片上的文字：

費雪

寶物經銷商
遍尋不著的東西都能找

週三接受詢問
西樹林，空橡樹路，2302套房

「他現在是有頭有臉的大亨了，」獾上次見到
魯拉阿姨時，她是這麼說費雪的，「他不喜歡我的
鼬鼠小雕像。」

獾跨過小溪去找臭鼬。

他在睡午覺的樹下找到臭鼬形狀的凹痕，但是
沒見到臭鼬。

有個紅色的東西在樹上啪答啪答響。獾走近一

點，那是一張用嫩枝刺穿的圖畫紙，紙上用粗粗的馬克筆寫著「獾」。

獾從嫩枝上取下圖畫紙，然後讀著：

我遇到一個朋友。我們在五號營地碰面，一起吃晚餐。

臭鼬

PS：我睡著的時候，石頭統統不見了。石頭會自己跑掉嗎？我知道石頭會滾動，可是我好納悶它們跑去哪裡了。

石頭會跑掉嗎？除非費雪就在附近。

第六章

「噗呼、噗呼、噗呼。」玀走近五號營地時，聽見了這個聲音。

臭鼬的聲音飄過小路。「可是還得挖掘啊！你見過他挖洞的爪子沒有？若要他感興趣，就必須是非常非常非常古老的東西才行。」

「他想必是在跟那個朋友說話。」玀想。

臭鼬看見玀從小路走過來，立刻跳了起來，爪掌裡還抓著風箱。「玀，你來啦！哈囉！」玀覺得自己打斷了什麼。

臭鼬向原木座椅做了個華麗的手勢。「我們來了一位客人！」

　　玀在原木座椅上，只看見臭鼬的三角帽。

　　過了一會兒，玀才瞧見她。穩穩站在帽子第三個角上的，是一隻只有放鉛筆的馬克杯大小的橙色小母雞。玀眉開眼笑。「橙色小母雞！」

　　臭鼬凶巴巴的說：「橙色小母雞是個描述，不是名字。」

　　「她有名字？」

　　「波克！」小母雞抖鬆渾身的羽毛，然後看了玀一眼，先左眼，再右眼，再左眼，眨眼，眨眼。「波克──波克──嘎。」小母雞意有所指的說。

　　玀瑟縮一下，接著斜睨了臭鼬一眼。

　　臭鼬聳起兩道眉毛，而且點點頭。

　　橙色小母雞朝玀踩著兩個跨步走過去。「波克──波克──嘎。」她用右眼、左眼、上、下、

眨眼看著他,「波克——波克——嘎。」

「你快說啊!」臭鼬說。

「我不會!」玃說。

「你會的!」

「真是亂七八糟,」玃喃喃自語。他深吸一口氣說:「波克,波克,嘎?」

臭鼬驚呼一聲。「波克,波克,嘎?她說的是『艾葛莎』!而且她說得很慢,你還是聽不懂雞的方言嗎?『波克』不是一個字。」

玃瞟了臭鼬一眼。

臭鼬打量著玃。「好吧,你有必要上幾堂雞方言課程。」

「抱歉。」玃嘟囔著,瞥見一袋擺了一把長柄勺子的雞飼料。袋子旁邊是那頂三角帽,帽子裡滿滿都是雞飼料。玃忙著往帽子裡舀更多的雞飼料,然後才坐下來用爪子抱著腦袋。

他聽見一陣拍翅和兩下抓搔的聲音。他看了看，瞧見她站在自己的膝蓋上。

橙色小母雞！他在心裡想著。不對，是艾葛莎，要叫她「艾葛莎」才行。

「艾葛莎。」他好不容易說出口了。

「波克。」艾葛莎說完，轉動右眼，左眼，右眼盯著他看。

玀清了清嗓子，躊躇的說：「我好高興妳來了，艾葛莎。妳知道我們隨時都歡迎妳來褐砂石屋玩吧？」

艾葛莎歪著小腦袋。「波喔喔喔克？」她伸長脖子，對玀眨了眨眼。

玀猛點頭。「一點也沒錯，隨時都行，我是認真的。我向來都很高興見到妳。」

「波——波克波克波克——波克？」艾葛莎盯著玀看，右眼，左眼，上，下。

獾覺得她聽懂了。「是的，妳可以到我的石頭房間來看我，那將是我的榮幸。」

　　「波克──波克。」她很快的向前跨步、跨步，從獾的膝蓋跳下去，然後振翅飛到三角帽上吃了起來。看來一切都很好。

━━◦═╳═◦━━

　　臭鼬在一塊平坦的玄武岩上烹調麵包當晚餐。他也用一種橄欖油、芥末及楓糖漿綜合油醋汁做了野蒜炒飯和蒲公英沙拉。「看到這片綠油油的蒲公英了嗎？我們一直睡在沙拉裡！」獾用他的叉匙舀起炒飯時，把他表弟費雪的事，全部說給臭鼬和艾葛莎聽了。

　　「這個故事令人不安，」臭鼬說：「一隻壞鼬鼠──一個表弟搶走了你的蜘蛛眼瑪瑙，卻一點事也沒有？報應在哪裡？」

101

「費雪現在就在無盡湖。」

艾葛莎的頭從她的羽毛中冒出來。「波克！」

玀解釋費雪做的是寶物買賣。「他一定是想要無盡湖的某個東西。儘管如此，他不會來煩我們的，瑪瑙賣不了多少錢，不足以引起寶物商人的興趣。」

「波克！」艾葛莎轉向臭鼬，「波克、波克、波克、波克──波克。」

臭鼬瞥了玀一眼，不夠小聲的悄悄說：「可是艾葛莎，我答應過了，我不能就……」他看著玀，閉上了嘴巴。

玀皺著眉頭問：「答應過什麼？」

艾葛莎與臭鼬一動也不動。

玀在他倆之間看來看去，才明白他們並不想告訴他。他覺得很心痛，吐出一口氣。「好吧！」玀決定不去管它，「還有一件事，臭鼬。費雪拿走了

你的石頭，我看見他爪子裡抓著你那塊內嵌瑪瑙的石頭，可是我搶不回來。」

「原來如此！」臭鼬揮舞一隻爪子，彷彿玀的話是一群蚊子，「別為我的瑪瑙發愁，玀。明天我會找到更多，尋覓是最棒的部分！你應該淘洗瑪瑙看看，我建議你嘗試一下。」臭鼬停頓片刻，接著咧嘴笑了。「嘿，今天是星期天，我一次也沒想到過《新犖牛時報》書評，我喜歡尋石探險！」

玀笑容滿面。

他們用繩子把背包拉到樹上之後，這個晚上便結束了。臭鼬在空地攤開他的睡袋，然後穿上他的睡衣褲。「晚安。」說完，他蜷縮起身子就睡了。

不久之後，玀也準備入睡。他在帳篷裡發現艾葛莎就歇在他的背包上。

他的烏克麗麗躺在對角，玀把它拿起來，用一根爪趾撥著一根琴弦，「噗鈴！」

費雪是他最不想遇到的動物。

他撥著另一根琴弦，「噗鈴！」

可是瑪瑙沒有達到寶物買賣的品質，這一點每個動物都知道。費雪是一隻忙碌的鼬鼠，他會離他們遠遠的。

他的爪子刷過琴弦，烏克麗麗響起了「嗶——哎喲——哩——賓！」的樂音。

「波克——嗶克——別克——波兒兒兒兒鈴。」艾葛莎唱著。

獾笑了。「哈！晚安，艾葛莎。」

「波克——波克。」艾葛莎豎起羽毛，然後把頭埋到翅膀下面。

獾放下烏克麗麗，鑽進了他的睡袋。明天——瑪瑙，重要的岩石研究，專注……專注……專……然後，獾睡著了。

第七章

「波兒兒兒兒兒兒兒兒石頭，波惹兒兒石頭，
波兒兒石頭，波兒兒兒石頭。」

玀睜開眼睛，看見艾葛莎在他的小背包上用喙
整理羽毛。「早安，艾葛莎。」玀說。

艾葛莎歪著腦袋瓜注視他，右眼，左眼，眨
眼、眨眼。「波克。」她振翅飛離玀的小背包，拉
開帳篷的拉鍊就離開了。

帳篷門在微風中啪答響。她的名字叫艾葛莎。
玀滿面笑容的坐起來，穿上他的衣服。火烤可可！

「噗呼、噗呼、噗呼。」臭鼬用他的風箱吹旺爐火，頭上還戴著那頂三角帽。還沒睡飽的獾拖著腳步經過臭鼬身邊，指著那棵樹說：「我去拿背包過來。」

臭鼬放下風箱，跟隨獾向前走，同時開口說起話來。「昨晚我聽見你的聲音，你到外面找點心吃。獾，我帶了好多食物！我們野餐的次數不如我預期的多，而且到目前為止，艾葛莎是我們唯一的客人。」

「昨天夜裡我沒有來過外面。」獾這麼想著，昏昏欲睡的慢慢向前走，「火烤可可，我需要火烤可可。」

臭鼬繼續說他的。「否認是沒有用的，獾。我聽見你重重的腳步聲了！砰咚、砰咚。呼吸的聲音

好沉重，就像那樣！還有，你的呼氣活像是一拳打在鼻子上！我只是想說，你再也不必把背包吊到樹上了，就把背包擺在地上吧，方便你半夜吃點心。跟熊一起吃點心吧！不管誰想要吃都行！」

砰咚？我的腳步聲？玃把一根爪趾塞入繩結，把它扯鬆開來。他模模糊糊的想起，自己好像也有聽見半夜三更裡砰咚砰咚的聲音。臭鼬還說了什麼關於呼吸的事？玃回想著，趕緊閉上嘴巴，一邊解開繩索，一邊瞥了臭鼬一眼。

臭鼬的爪掌拍在樹幹上，然後倚靠在上面。「玃，你怎麼說？分享一下如何？」

玃停止拉扯繩子。「誰也不會和熊分享的，況且昨天夜裡在外面找點心吃的也不是我。」

臭鼬「哼」了一聲。「你朝我的臉呼了一口氣！」

玃明白自己若是不照做，肯定會喝不到火烤可

可。「呵呃呃呃呃啊。」他呼出一口氣。

「呼！」臭鼬揮揮爪子，倒退一步，「不過你昨晚的口氣更難聞。」

「不是我！」獾說：「我走路從不砰咚砰咚，我的腳步輕盈得很！這差別可大了。」

「是的，一個砰咚砰咚，一個腳步輕盈。」

「臭鼬，只有大型動物走路才會砰咚砰咚響。」

「多大？」臭鼬迅速的把他從頭到腳看了一遍，「你的個頭大得足以走路砰咚響，也會大聲吸鼻子。」

獾仰頭凝望大樹。「熊的體型很龐大。」

臭鼬睜大了眼睛往樹林裡張望。「也許我們應該繼續把背包吊在樹上。」

————◆◈◆————

他們把黃背包拖到火坑旁邊之後，獾趕緊去做

讓口氣清新的工作。刷牙時，玀聽見，「我答應玀
了，妳確定有這個必要？」

「波克。波克、波克！」

「什麼有必要？」玀加入他們時問道。

被他這麼一問，臭鼬和艾葛莎陷入沉默。臭鼬

握著一把裝滿麵糊的勺子，艾葛莎站在三角帽上，他倆都抬頭看著他，而且一聲不吭！

獾盯著他們看。這是怎麼回事？他真的很需要喝點火烤可可！

「啊，獾？」臭鼬放下勺子，移開了火上的煎鍋。他和獾四目相對時，掩不住臉上的尷尬。「你介意我今天同艾葛莎一起離開嗎？她想給我看個東西，我保證明天一定陪你一起去找瑪瑙。」

「肯定出事了。」獾喝著火烤可可時這麼想。他放下馬克杯，好不容易才說：「當然可以，不過一天而已。」他吃玉米餅搭配果醬當早餐時，下定決心要跟蹤他們。

獾迅速洗好碗盤，把背包吊到樹上，然後將手臂穿過小背包的肩帶，聲音宏亮而清晰的說：「重

要的岩石研究，專注、專注、專注。」他沿著前往無盡湖的小路出發時，大喊著：「祝你們有個美好的一天！我走了！」玃一走出他們的視線，便立刻原路折返，然後縮起身子躲在一棵看得見五號營地的樹後面。

玃在樹木後面並沒有等太久。臭鼬背上小背包，戴好三角帽，艾葛莎也調整了她頭上那個雞隻專用大小的頭燈，振翅飛跳兩下，降落在臭鼬的帽子上。她坐在帽子前頭的尖角後方，朝樹林的方向揮揮翅膀。「波克！」

一跳一蹦之後，臭鼬出發了。

玃緊跟在後。他在樹木後面急轉彎，他在大石頭旁左拐右拐，玃分秒不差的低下頭或突然出現。他總是看清楚了才縱身一跳。他悄悄爬行、踮起爪趾尖、踮起爪趾尖，然後俯衝到原木後面。他連走帶跑又溜又滑，想要看個清楚。他眼觀八方……然

後？行動！他趕緊跑到下一棵樹的後方站起來，背部緊貼樹幹，然後一陣飛奔。鬼鬼祟祟！他看見臭鼬彎下腰，使勁拍著膝蓋。「哈哈哈哈哈！」臭鼬的帽子歪到一邊，艾葛莎用單腳緊緊攀牢帽尖。「波克！波——波克！」臭鼬馬上抬頭挺胸。「我忘記了，不要彎腰、不要鞠躬，不要一把摘掉帽子說『你好』。」艾葛莎用一隻翅膀畫圈。「波克！」於是他們又動身了。

獾尾隨艾葛莎和臭鼬穿過樹林、上山下山。他們一會兒越過一座山脊，一會兒來到一處草地，草地的盡頭是一塊巨大的岩壁。

無處可躲了！獾往兩邊看了看，瞇著眼睛注視岩壁，確認是深層侵入輝長岩後，隨即跳入草叢中。他倒在一塊斑狀流紋岩上，突然有股衝動想要細細檢查那塊岩石。

別碰那塊斑狀流紋岩！

112

玀碰了那塊斑狀流紋岩。

　　玀的心思墜入深邃的地方。他用爪子刮著一塊粉紅色的長石晶體，再刮刮白色的石英。晶體挺顯眼的。他抓了抓紅色的流紋岩。火成岩、熔岩在他的腦海中噴湧而出。玀眨眼再看那塊岩石，是斑狀流紋岩的典型樣本。他把岩石拋到一邊，確認自己身在何處。

　　他站在草地上，一目了然！

　　這本來應該是場災難。

　　但是這裡只有玀，他獨自面對一塊巨大的輝長岩石壁。臭鼬和艾葛莎在哪裡？他們不在輝長岩石壁上，也不在它旁邊。不在這邊，也不在那邊。「不可能……不可能。」玀喃喃自語，轉了一個大圈。

　　這是個死胡同，他跟丟了臭鼬與艾葛莎。

第八章

　　玀的爪掌重重敲著輝長岩石壁。敲完他悶悶不樂的嘆了口氣，額頭靠在岩石上，閉上了眼睛。

　　一個微弱的聲音傳來。「波克——波克。」

　　「誰在那邊？」

　　玀迅速把耳朵貼在岩石上傾聽。「波克——波克，波克——波克。」「橙鼻子、綠鼻子是誰啊？」接著是，「哈！這個好笑！」以及「妳瞧，這回我可沒有笑彎了腰吧？」

　　是臭鼬！玀左看右看、上看下看，這裡一定有

進去的路，是要繞過去或是從底下。路在哪裡？在哪裡？玀在那塊岩石上來回踱步。有根斷掉的嫩枝！還有一簇橙色的羽毛！玀捏起那簇羽毛。「有了。」他推開那根嫩枝，看見一條跟雞體型差不多大的小路。他沿著小路走，小路蜿蜒曲折的繞了兩圈，還拐了一個彎，最後來到一個洞口。

玀撿起一顆鵝卵石，然後想起了那塊流紋石。他不敢細看，便把鵝卵石丟下去。

鵝卵石觸底時響起一聲高音「喊噗」！

那聲「喊噗」帶起了回音，「喊噗——喊噗——喊噗。」

「啊！」玀揮舞他挖掘的爪子挖開洞口，然後掉進洞裡。

「呃嗯。」他掉在黑暗中的一塊岩石表面上。

「呃嗯——呃嗯——呃嗯——」的回音在洞內響著。

一股涼爽、潮溼的空氣。

一個洞穴！

獾花了一會兒工夫適應黑暗，然後他才看見自己站在一個大洞穴裡。遠處的通道閃過一束若隱若現的光，是艾葛莎的頭燈！他心跳加快，跟隨那束光線穿過洞穴，進入通道。臭鼬的聲音變得大而清晰：「這不是一件容易的事，艾葛莎，我們需要幫助。」

此時，那道光束散發出暖黃色的光芒，彷彿艾葛莎的頭燈照亮了什麼金色的東西。是黃金嗎？在無盡湖？黃金沒有地質學上的意義。獾盡可能甩掉這個想法，但除此之外，還可能是什麼？

他想知道。獾大步走過通道，溜進洞穴的後頭，然後驚訝得下巴都要掉了下來。

他面前的東西是什麼？一堵琥珀牆壁。琥珀是金色的，而且這還不是全部！琥珀牆壁的中央有一

一個洞穴！

顆蛋，一顆已成為化石的蛋。這顆蛋大得不可思議，它是玀的三倍大。至少！

那顆巨大無比的化石蛋，懸吊在琥珀牆壁裡。

臭鼬與艾葛莎沒有注意到玀。他們站在更裡面、更靠近牆壁，而且背對著他討論得正熱烈。但是玀再也不在乎他們是不是會發現他了。那顆蛋！那顆蛋！他從來沒有見過那樣的一顆蛋！

還有一件事，他確信自己在那顆蛋裡看見了什麼、瞥見了什麼，或者他自以為看到了。這似乎不太可能。光線！需要更多的光線！玀卸下小背包，拉開拉鍊東翻西找，終於，玀的爪子握住了 X34 強光手電筒涼涼的金屬外殼，那也是四面八方的玀岩石科學家最喜愛的手電筒。「口袋裡的一顆星星！」廣告是這樣吹噓的。玀不曉得這句廣告詞是真是假，不過這支強光手電筒確實足以照亮一個房間。

或者──以眼前的狀況來說──可以照亮一顆

蛋。玁對準目標，「喀答」一聲扳上橡膠開關。

大量光線湧出。

玁呻吟著說：「蛋，就在這裡！」

雞頭燈的光束射入了他的眼睛。玁聽到，「太遲了，艾葛莎，他看到了。」

「波克弟——波克！」

「是啊，玁的行為很糟糕。」

「波克！」

「他偷偷摸摸的。」

「波克波可。」

「他暗中監視。」

「波克弟——波克弟——波克！」

「可是艾葛莎，現在玁來了，玁的挖掘技巧出名得很。妳瞧瞧他的爪子，我們可以好好利用他那些爪子來挖掘。」玁聽見臭鼬低聲說：「我是在說服她求你幫忙！」

但是玀幾乎沒聽見，他穩穩握著他的X34強光手電筒，把手電筒對準那顆蛋。光束射出且穿透過去——穿透了琥珀，穿透了蛋殼，而且……

　　「噢，」玀倒抽一口氣，他的心融化了。一隻恐龍蜷縮在蛋裡，他閉著眼皮沉重的眼睛，彷彿他不過是在睡覺。看到這個畫面，玀差點說出：「噓！」

　　艾葛莎低聲嘟囔：「波、波克——波克——波克。」

　　「他在吸吮他的尾巴？」臭鼬問。

　　是的，那隻恐龍看似是在吸吮自己的尾巴！

　　玀握著X34強光手電筒，腳步踉蹌的走向有恐龍的琥珀蛋。「多了不起的蛋啊！是白堊紀[12]還是

---

12 距今約144至65百萬年間，是中生代最後一個世紀，時期長達八千萬年，是顯生宙最長的階段。

侏羅紀[13]？侏羅紀……是的，侏羅紀。你們怎麼不告訴我？怎麼不先來找我？」獾舉起他的爪子，像是被逮住了。「我知道、我知道，通常我是沒時間花在恐龍身上。但是這個？這顆蛋？它的崇高、紋理，還有它閃著微光的模樣，再加上蛋裡還有一隻恐龍？」獾驚嘆的搖了搖頭，「科學與藝術！美與力量！脆弱與堅強！科學將興旺，知識將繁榮。」

獾幾乎無法呼吸，他握著強光手電筒來回走動，他畢生的意義在眼前的琥珀中閃爍。這顆蛋──這隻恐龍──是他活著呼吸與挖掘的原因。他必須好好把握，他必須走上前去一把抓住。策展！他必須收集、安裝，並且照亮它。

獾朝那顆蛋跨出一步。

艾葛莎忽然瘋狂騷動起來，爆發一陣啪答啪答

---

13 距今約208至144百萬年間，介於三疊紀和白堊紀之間。

的聲響。「波克！波克、波克、波克弟。」有個東西重重敲打玃的小腿。好痛！可是玃的眼睛依然直勾勾的盯著琥珀蛋。

臭鼬緊抓著他的手臂。「玃，站住、站住，求求你？艾葛莎跟我說過你會變成這樣，她說你會被蛋催眠，被、蛋、催、眠。忍住，玃，你要忍住。」

玃甩掉臭鼬。

「這不是為了科學，玃，這是為了雞群，雞群看守這顆蛋很久很久了。」

「波兒兒兒——波克，波可。」

玃聽見了。「雞群？」他說。他將視線從蛋上移開，看到了艾葛莎。艾葛莎猛烈扭動著她的頭，右，左，右。她擺動一隻翅膀，接著是另一隻。「波克！波可！」她邁步向前，「波克弟！波克——波克，波可！」

獾忽然聽懂了，他看著臭鼬問：「雞群看守這顆蛋多久了？」

　　「世世代代！一代接著一代的母雞，可能是更多的母雞。我們必須搬走這顆蛋。好好利用你的挖掘爪子，獾！」臭鼬點了點頭說：「你不是唯一的危險，消息已經傳開了。」

　　「波克！」

　　「消息傳開了？是誰？」

　　「就是在下敝人我。」他們背後響起了一個聲音。

第九章

　　那個聲音……玀僵住了。

　　「那隻恐龍不是很可愛嗎？呵呵！蛋確實就在這裡！」

　　「費雪。」玀咬牙切齒的轉過身，臭鼬和艾葛莎也與他同時轉身。

　　「表兄！」費雪一邊說一邊遮擋從艾葛莎頭燈射出的光束，「你的重要岩石研究做得怎麼樣啦？不是瑪瑙嗎？你的專注、專注、專注哪裡去了？」

　　玀緊握一隻爪子，用力吞著口水。接著他朝艾

葛莎點一下頭，隨即跨步向前。「聽著，費雪，這不是寶物……」

「寶物？你懂什麼寶物？」費雪打斷他的話，「無論如何，恐龍、化石、琥珀中的蛋，你都不感興趣。還記得你在鼬鼠家族的聚會上，跟我說了什麼嗎？」

「費雪，不許拿這顆蛋去賣。」玀急切的說。

「怪了，我怎麼不記得你究竟說了什麼？」費雪的目光飄到頭頂上的黑暗深處。

「費雪，這顆蛋是私事，它對一整個動物群體具有重大的意義，他們照顧這顆蛋已經很久很久了，你必須把蛋留在這裡！」

「波克！波克、波可，波克──波克！」

費雪打響爪趾，指著玀說：「我想起來了！你說恐龍和所有化石之類的玩意都太幼稚、不成熟，它們不夠古老，激不起你的興趣，你說你只研究恐

126

龍之前的岩石。我記得你那個嘲笑的口吻，我覺得你實在很傲慢。不過沒關係，熱愛這玩意的客人多得是。我同意你的想法，他們每一位都是浪漫的人。」他看著那顆蛋沉吟，「噢，一隻恐龍寶寶？太誘人了。呵呵！你這輩子有沒有見過這麼美的寶貝？玃，凡是你不感興趣的東西，我都樂於接收。瑪瑙、熔岩，還有前寒武紀的黏泥巴全部歸你。」

玃氣惱的哼了一聲。「前寒武紀的疊層石是活的岩石，是由分泌石灰的藍細菌組成的岩石，才不是黏泥巴。請你說話放尊重點。」

玃身邊的臭鼬對艾葛莎說：「他為什麼只對玃說話？我們也在這裡，難道我們隱形了嗎？我想不是！」

「波克！」

玃看見臭鼬的尾巴突然從地上彈起來，急忙說：「臭鼬，這事交給我處理。」

玃面對費雪，然後雙膝跪下。「求求你，費雪，把蛋留下吧。」他舉起緊握的爪掌搖晃著說：「求求你，費雪，求求你。」

　　震驚的靜默隨之而來，接著⋯⋯

　　「呵呵呵呵，呵呵呵！」費雪用絲綢手帕擦了擦眼睛，然後把它揣進口袋，「你給我下跪？怎麼這麼低聲下氣的求我？呵！如果魯拉阿姨⋯⋯呵呵⋯⋯能看見你這副模樣一定很有趣！呵！」

　　跪在地上的玃站了起來。

　　「閒聊夠了，」費雪銳利如釘子般的眼睛迎上玃的目光，「玃，現在是你和你的小朋友們倉皇逃走的時候了。專家有工作要做。那邊那條通道⋯⋯」費雪指著他們來時走的通道，「可以進出。如果你們三個現在離開，我就讓你們走那條路，不然你們要是意外被堵在路上，我可不負責任。」費雪兩隻爪子都搭在他的拐杖上，還挑起了

一邊的眉毛。

臭鼬向前跨步。「我們哪裡也不去，你不能拿走那顆蛋。」

艾葛莎振翅飛上臭鼬的肩膀，頭燈的光束耀眼又強烈。「波克，」右眼，「波克，」左眼，「波克。」下移又上移。一個光點先從左側經過費雪的臉，接著又從另一側劃過，然後從毛茸茸的下巴向上移到軟草帽的位置。

費雪憤怒的猛眨眼睛。「好極了。你們非要留下的話，那就留下吧。」

他轉向通道大吼：「在這裡。」

通道中傳來刮擦摸索的聲音。

「來吧，來吧，來吧。」費雪大喊。

刮擦摸索的聲音越來越大了。

艾葛莎的頭燈射入漆黑的通道，照亮了上、下、左、右一個又一個的眼睛——好幾百個發亮的

紅眼睛。

「反光眼，紅色，老鼠。」臭鼬低聲說。

一大群老鼠湧了進來，他們的頭上都戴著安全帽。

艾葛莎拍拍翅膀，飛落到臭鼬的帽子上，然後關上她的頭燈。

「找到岩石的邊緣，」費雪厲聲咆哮，「留下琥珀，別碰那顆蛋。」

獾、臭鼬，以及待在三角帽捲起部位的艾葛莎快速後退。獾瞥見洞穴一側有個地勢較高且平坦的地方，他指著那邊說：「上去！到那個岩架上！」

臭鼬和獾衝向岩架下方的岩石滑坡。老鼠灼熱的呼吸壓在他們的背上，他們的腳才剛離開洞穴地面，就被泉湧而至的一大群老鼠完全覆蓋了。

那個岩架比剛才從底下看感覺更高，岩石也更為鬆散，每走一步，頁岩、石灰岩的石塊就像下雨

般崩塌。等他們抵達目的地時，已經累得彎下腰，喘得上氣不接下氣。

獾大口吸氣，同時掃視這個區域。這塊岩架和那顆蛋差不多高，岩架和蛋之間有⋯⋯獾往前跨步查看，有相當大的差距！看來唯一的出路，就是他們來時走的路。

現在戴著鮮豔安全帽的老鼠塞爆了通道，他們繞過費雪，漸漸接近夾著琥珀蛋的牆壁。率先抵達的是戴著反光背帶與登山扣環叮噹響的老鼠，他們扛著繩子、榔頭、岩釘和岩鉤，先用榔頭將岩鉤敲入岩石，再把岩釘釘入縫隙。鏘、鏘、鏘！把繩子繞成圓圈後拴住再拉扯。登山扣環「喀啦」一聲扣住，接著上場的是徒手攀登的老鼠，他們爬到穿戴反光背帶的老鼠身上，利用他們充當抓點與立足點。洞穴內因為他們的聲響變得吵雜起來。鏘、鏘、鏘！喀啦，喀啦。費雪後方有個老鼠小團隊負

責整理裝備，包括：繩子、網子、額外的安全帽，以及提供老鼠慰勞用品：飲料，點心，還有老鼠專用的爪子乳液。

「我們被困在這個岩架上了。」玀對臭鼬和艾葛莎說。

臭鼬傾身向前看了一眼。「是啊，看來是沒什麼希望了。」

艾葛莎大步走來走去，也不時停下來凝視與張望，右，左，右。「波兒兒兒兒兒兒克波克。」她低聲說。

費雪站在洞穴地面的中間，搖晃他檸檬黃色的平底便鞋，並且敲啊敲著他的拐杖，嘴角泛起一抹微笑。到處都是老鼠。玀瞇眼看著一隻老鼠說：「他們是碼頭鼠。」碼頭鼠是體型碩大的老鼠，有些長得幾乎和臭鼬一樣大。

艾葛莎上、下、上的點了點頭。「波克──波

132

可。」

　　臭鼬對他倆皺起眉頭。「碼頭鼠？才不是！那些老鼠喜歡人家叫他們挪威鼠，」他靠過去說悄悄話，「傳言說這種特別的老鼠，是一七七六年躲在黑森[14]戰船上穀物箱裡那些飄洋過海的老鼠後代。你能想像嗎？在遠渡重洋的路上，他們只吃燕麥、大麥和麵粉，然後『砰』一聲船靠岸了，『看見陸地了！』你一邊想著『終於到了』，一邊竄出大麥箱，同時躲避木棍和踐踏的靴子，畢竟如果你是一隻老鼠，棍子和靴子是預料中的問候。可是你靠岸了！你想著，我來到了豐饒之地！我的腳爪踩著陸地！不幸的是，那是一七七六年，你身陷一場戰爭。」

---

14 黑森（Hessian），十八世紀受大英帝國雇用的德意志籍傭兵組織，美國獨立戰爭期間約有三萬人在北美十三州服役，其中近半數來自德意志黑森地區。

玀看到那顆蛋被戴著安全帽的老鼠團團包圍。棕色的老鼠和橙色的安全帽覆蓋了金色的琥珀牆。他聽見一聲口哨，一聲叫喊，然後是一聲呼號。幾隻老鼠冒出來東張西望，這邊有根尾巴甩上來指著，對面則是有個尾巴彎了下去，還發出「咻咻」的聲音。接下來，好幾根尾巴豎了起來，玀聽見尖銳的笑聲，然後是「繩子！」、「岩釘！」還有「扣環！」的喊聲，有個金屬做的東西被敲入岩石，發出「鏘、鏘、鏘！」的聲響。

　　臭鼬繼續說：「經過一段漫長旅程後，在一場戰爭中靠岸，充分解釋了挪威鼠的特質：自主、吃苦耐勞的個人主義，以及『老鼠是最優秀的，啊啊啊！』之類的自信。」臭鼬瞅著琥珀蛋，忍不住畏縮起來。「如果你想完成一項工作，去找挪威鼠的團隊就對了。他們攀爬技術高強，又有鑿切咀嚼的利齒。挪威鼠很快就會把蛋從牆上取下來。」

有個新聲音傳了過來。「撕刻拉——撕喀，撕刻拉——撕喀，撕刻拉。撕刻、撕刻、撕刻。」一隻老鼠抬起頭，抹了抹他的嘴。他們開始鑿切咀嚼了。老鼠在咀嚼琥珀，讓蛋從岩石中鬆脫出來。獾對臭鼬眨了眨眼睛。「你怎麼這麼了解老鼠？」

臭鼬沒有回答，而是指著一個地方說：「你們看，有一盞聚光燈！」

的確！一列長長的老鼠隊伍走出了通道，他們的肩膀上扛著一根聚光燈柱子，後面跟著第二盞聚光燈。老鼠踢開支架，調整高度，並且將聚光燈對準琥珀蛋。

艾葛莎的頭在兩盞聚光燈和蛋之間來回轉動。

臭鼬說：「我們得做點什麼才行，我們需要想個點子，想、想、想。」

「撕刻拉——撕喀，撕刻。」

第一盞聚光燈亮了，噗砰！

第二盞聚光燈亮了，噗砰！

光線漫過整個洞穴，暗影逃得無影無蹤，琥珀蛋猶如隕石般被照得透亮。鑿切咀嚼的聲音停止了。

他在那裡！那隻恐龍，那隻蜷縮在蛋裡的恐龍。

在整面牆壁上上下下的老鼠忽然冒出頭來，而且不停的扭動。

「看看那些顏色！」臭鼬說：「我還以為恐龍身上只有一種暗綠色。」

艾葛莎伸長脖子。「波——波喔喔喔克？」

色素？在恐龍身上？不過沒錯，聚光燈把顏色照亮了！這隻恐龍身上斑駁的橄欖色中帶有茄子的色調，他的眼皮是淡紫色的，還長了一隻黃色的角。

一陣喋喋不休開始了。尾巴彎曲、揮動且指

著。有些尾巴打轉，有些嗖嗖作響，後來老鼠爆出哨聲、呼呼聲與「噢喔喔喔喔」的聲音。

矍凝神注視小恐龍，覺得喉嚨裡卡著一塊東西。「那隻恐龍渾然不知，未來等著他的是琥珀樹液。」

喉嚨裡卡著一塊東西？他究竟是不是個岩石科學家？別感情用事！用冷靜客觀的眼睛去看！矍吸了一口氣，對自己說了一番嚴厲的精神訓話。「這是恐龍的胚胎，一隻接近孵化的小恐龍。最重要的是，這隻接近孵化的小恐龍是一塊化石——一個痕跡、一個提示，它保存著小恐龍胚胎從前的模樣。」

可是矍再看了恐龍蛋一眼，又把剛才想的全部忘了。因為他喜愛在琥珀蛋裡睡著的小恐龍，他的心一直怦怦跳。矍吃了一驚，這才發覺自己最後一次如此動心，已是多年前深深凝視蜘蛛眼瑪瑙的那

一刻。

費雪的爪子圈在嘴巴兩側，喊著：「大家努力幹活！是的，是的，我們的爪掌上抓著一件可愛的寶物。要小心喔，別讓扣環亂飛，也別把繩子磨斷了。」

一隻老鼠吹響口哨，另一隻也吹口哨回答。他們尾巴一甩，頭猛的一縮，一會兒呼呼叫，一會兒咆哮。「鏘、鏘、鏘！」、「撕刻拉——撕喀。撕刻、撕刻、撕刻」的聲音不絕於耳。

玀瞇眼望著洞穴對面的角落，希望能看到什麼東西，或是任何有可能激發靈感的東西。

「撕刻拉——撕喀，撕刻拉——撕喀。」

瞬間「喀啦」一聲巨響！

他們三個全都衝到岩架邊緣。

「當心點啊。」費雪高聲喊著。

玀抓穩後俯身去看，有一段牆被咬穿了。

砰！撕刻、撕刻、撕刻，一陣低沉的劈啪聲傳來，細細一串鵝卵石砸落到地面。老鼠爆出一陣吱吱喳喳，一條尾巴打著轉，接著又戳戳戳。一下子這裡的老鼠吹口哨，一下子又換成那裡。「穩住！穩住……穩住。」一隻頭戴安全帽、身穿背帶的老鼠說。

　　「檢查岩鉤。左邊的岩釘！」

　　「撕刻拉──撕喀。撕刻、撕刻、撕刻。」

　　那塊琥珀漸漸鬆動了。

　　「我們需要一個點子，我們現在就要。」臭鼬說。

　　獾瞥了一眼艾葛莎，一個想法突然浮上心頭。「量子躍進如何？雞群難道不能利用量子躍進做點什麼嗎？」

　　臭鼬眨著眼睛。「當然！雞哨子！」

　　「雞哨子！」獾倒抽一口氣，「我說的是『量子

139

躍進』！」

不過臭鼬根本沒在聽他說話。「艾葛莎，妳覺得呢？」

艾葛莎的臉上掠過一絲神祕。她站穩腳跟，爪趾在岩石上滾來滾去。她細想著那顆蛋，左眼，右眼，左眼。然後她眼皮半睜，轉向他們。「波克。」她嚴肅的點頭說。

臭鼬掏出口袋裡的哨子。

玃苦著臉，他還記得上回吹雞哨子的情況，並且對自己做心理建設。「我是玃，不是雞。身為一隻玃，我聽不出哨子聲對雞有什麼意義，因此我不會聽到雞哨子聲。」

臭鼬吹響雞哨子，接著最恐怖的聲響攻擊了玃的耳朵，活像是有一群蚊子大小的象群在他腦袋裡齊聲鳴叫。

「我不是一隻雞。」玃蜷縮在岩架上時想著。

啪噠、啪噠、啪噠的腳步聲逐漸接近貛。「你在這裡幹麼？」湊上來的是臭鼬的臉，「以前你對壓力的反應就這麼糟嗎？用鼻子吸氣，然後從嘴巴呼氣。」

　　「你走開。」

　　臭鼬在貛的面前揮舞雞哨子。「別擔心，援軍正在路上，雞群快到了！」他點點頭，滿懷期待的把洞穴看了一圈。「有一支只有雞才聽得見的哨子，真是太方便了。」

　　貛站起來，看見費雪和老鼠大軍依然在幹活，彷彿什麼事也沒發生似的，忍不住呻吟起來。「貛不是雞。」他咬牙切齒的喃喃自語。

　　「撕刻拉。撕刻、撕刻、撕刻。鏘、鏘、鏘！」戴安全帽的老鼠正在設法穩住那顆蛋和琥珀，好把整塊東西放到洞穴的地上。

　　這會兒，艾葛莎站在一塊大石頭的半高處，用

左眼、右眼、左眼細看那顆蛋，眼神有些悠遠。「波兒兒兒兒兒石頭，」她嘟囔著，眼睛眨了兩下，頭歪向一邊，「波兒兒石頭，波克。」

　　玃循著她的目光，凝視蜷縮在蛋裡的恐龍。就在那個時候，玃看到了──恐龍的尾巴輕輕的甩啊、甩啊、甩啊。

離開蛋殼後，恐龍變得更大了。

第十章

甩啊、甩啊、甩啊。

玀看得目不轉睛。他揉了揉眼睛,再看一次。

沒錯!恐龍的尾巴看來是在甩動。「我發瘋了,」玀想著緊閉起雙眼,告訴自己:「專注、專注、專注。」他對自己說:「當個重要的岩石科學家吧。」他先睜開一隻眼,接著睜開另外一隻——冷靜客觀的眼睛。

玀看到了恐龍全新的一面!他用一隻爪子扒在岩石上穩住自己,然後發狂似的用另一隻爪子比手

勢。「臭鼬、臭鼬！那是……之前……你記得……」

原先轉身期望看見雞群前來增援的臭鼬，這時扭頭回來目瞪口呆的說：「剛才恐龍不是在吸吮他的尾巴嗎？恐龍的尾巴在哪裡？」他使勁的眨著眼睛。

恐龍翻了個觔斗。

「啊啊啊啊啊啊！」玀和臭鼬一起尖叫。

小恐龍猛晃兩下站直了身體，並且撞擊、撞擊、撞擊蛋殼。臭鼬跳上跳下、指指點點。「破殼齒！破殼齒！破殼齒！」

「破殼齒……破殼齒……破殼齒……」的回音傳了回來。

洞穴裡已經安靜下來。鑿切咀嚼的聲音呢？清晰響亮的鏘、鏘、鏘呢？

戴安全帽的老鼠停止動作，他們看著那顆蛋，鼻子在空氣中抽動，鬍鬚顫抖，腦袋歪向一邊，一

條尾巴不停向上、向上、向上戳刺。玃瞥了一眼洞穴地面，看見費雪拄著他的拐杖，好像他真的需要它一樣。接著玃掃視整個洞穴——最遙遠的地方，最陰暗的角落。雞群在哪裡？

玃回頭看琥珀蛋，看見一條脊椎骨和兩條後腿的背面。肋骨裡、外、裡、外規律的動來動去。

玃看了看臭鼬，再看向獨自站在巨石半高處的艾葛莎，她的眼睛左，右，左，眨眼，眨眼，帶著那種悠遠的眼神。玃指著恐龍蛋說：「這是不可能的，這是一顆覆蓋在琥珀中未孵化的蛋，一個數億年前的恐龍蛋化石。一滴黏糊糊的樹液滴落在蛋上，後來這顆被樹液包覆的蛋又被小溪或是一次洪水的淤泥覆蓋。事情是這樣的：蛋殼膜可以讓空氣進出，蛋殼會呼吸！可是樹液包覆了這個蛋殼，然後是淤泥——一層又一層的淤泥，沒有空氣——沒有呼吸！生命無法維持下去！所以這隻恐龍不是活

的。」

臭鼬疑惑的看了他一眼。「恐龍寶寶已經動好幾次了。記得恐龍寶寶剛才不是還在吸吮他的尾巴嗎？現在他就沒在吸尾巴了。」

玀沒理臭鼬，繼續說：「那他為什麼在今天孵化了呢？為什麼要等到數億年後的今天？今天有什麼特別之處？」

臭鼬聳了聳肩。「有人能挑選自己的生日嗎？」

玀呻吟一聲，多麼希望自己的室友更有科學概念。他想到雞群懂得物理學，於是滿懷希望的瞥向艾葛莎。艾葛莎沒留意，她在攀爬那塊巨石──拍一次翅膀，跳躍一次。她停下動作，用做著白日夢的奇怪眼神右、左、右的看了玀一眼，接著轉身爬得更高。

玀的腦中出乎意料的冒出四個字：現代鳥類。那是他在古生物學科，恐龍101課程上學過的東

西。

　　他需要回憶一些事。玀看著越爬越高的艾葛莎，想起他的教授寫在黑板上的字。是的！他的教授一直在描畫和解釋族譜。玀在腦中聽見了教授的聲音。「這種聲音的傳達方式，只有鳳頭鸚鵡才做得到。」他說：「現代鳥類是恐龍的後代。」

　　雞！雞是現代鳥類！

　　玀轉向臭鼬說：「現代鳥類是恐龍的後代，你剛剛吹了雞哨子！」

　　臭鼬對玀皺起眉頭。「玀，只有雞聽得見雞哨子聲。」

　　此刻，玀實在很想告訴臭鼬他的話並不完全正確，但是現在是個好時機嗎？

　　玀瞅著臭鼬，慢慢的說：「雞是現代鳥類。」

　　臭鼬驚訝得張大嘴巴。「恐龍是雞？」他扭過頭盯著艾葛莎看。

147

「或者可以說雞是恐龍。」玃喃喃說著，同時也盯著艾葛莎看。

現在艾葛莎已經來到她那塊巨石的最頂端。那塊巨石立在陡坡的邊緣，陡坡對面就是夾著那顆蛋的牆壁。

「她在做什麼？」玃看她依附在巨石側邊，並且朝著蛋的方向一直伸展、伸展、伸展。

「艾葛莎！」臭鼬吶喊。

艾葛莎沒搭理他們。她向外、向外、向外探出身子，讓費雪的聚光燈照到自己。她橙色的羽毛燦爛閃耀，玃不禁想到掛在岩石峭壁上的一盞小燈籠。

接著她開始發出一種聲響，一種長而低沉的汩汩聲。

「那是一首歌嗎？」玃問。他覺得那個聲音與其說是歌聲，更像是小溪奔流過圓石的聲音，源源

不斷的溪水逐步填滿每個空間，滾滾流過古老、乾燥和遺留下來的一切。

「我認為是搖籃曲，」臭鼬思考時停頓了一下，然後才看著獾說：「我知道吹雞哨子是我的主意，但艾葛莎支持我的想法——而且是大力支持。我以為我在召喚雞群來增援，我以為她跟我想的一樣，可是現在我又沒把握了。她知道雞哨子會叫醒恐龍嗎？」

霹咿咿咿咿咿啪！

一支鮮黃色的角戳破了蛋殼，接著琥珀裂開，液體噴湧而出、四處飛濺！蛋殼、琥珀和石塊砸在洞穴的地上碎裂。

恐龍的頭突然冒了出來！恐龍寶寶戴著一頂蛋殼小帽，他淡紫色的眼皮眨兩下睜開了，露出一隻金色的眼睛。恐龍發出刺耳的「阿呃呃呃呃呃呃呃烏克」吼聲，然後轉向艾葛莎。「阿呃——嚕

噗？嚕噗、嚕噗？」

「波克。」艾葛莎眨了眨眼，眼神突然變清澈了。她全神貫注的看著恐龍，繼續唱著流水汨汨的搖籃曲。

臭鼬和玀難以置信的互看一眼。

恐龍甩掉頭上的蛋殼——羽毛！細長的羽毛！——接著恐龍靠著蛋的側邊搖晃起來。撞擊！撞擊！撞擊！岩石發出尖銳的吱嘎吱嘎聲響，墜落在洞穴地面。恐龍踢掉最後一片碎蛋殼，無拘無束的跨出一步。

玀看到恐龍抖開他的後腿直立站起時，不禁目瞪口呆。他展開一條長著羽毛的長長尾巴，伸直長著羽毛的脖子，然後伸展身體，全身的羽毛變得蓬鬆起來。破殼而出的恐龍看起來似乎變得更大了。他不止是玀的三倍大，更像是四倍大。此外，他每隻後腳都有一根離地翹起的爪趾，而且這根翹爪趾

上的指甲看起來異常鋒利。

「阿呃——嚕嗚噗？嚕嗚噗？」恐龍朝艾葛莎的方向伸長脖子。他把頭歪向一邊，右眼，再歪向另一邊，左眼，去看橙色小母雞，尾巴也在來回擺動。

費雪的聲音從洞穴地面飄了上來，「我們活捉恐龍吧！」

戴著安全帽的老鼠頓時一陣騷動。一聲呼叫響起，遠處傳來一聲口哨。鏘、鏘、鏘！喀啦！喀啦！喀啦！撕刻、撕刻、撕刻。

第一隻老鼠爪中拉著繩子，爬向恐龍。

接著，一個迅雷不及掩耳的動作，玀根本不確定自己是不是看到了，恐龍利用那根翹爪趾上的腳趾甲釘住繩子，然後唏哩呼嚕的把老鼠吞了。

第十一章

「他唏哩呼嚕的吞掉一隻老鼠！」臭鼬驚恐的大喊大叫。

恐龍把頭往後一仰，用力吞了下去。他的眼睛睜得好大，還接連眨了幾下。他先是頓了頓，然後──

「阿呃呃嚕嚕克！嚕克！」恐龍重重踩踏、踩踏、踩踏了幾步。

每當獾吃完臭鼬做的餐點，往往都想要往胸口捶個幾下，所以獾懂得他的意思──老鼠真好吃

153

啊。

「噢，不要、不要、不要！我不要看那個。」
臭鼬在自己的臉前面猛揮爪子。

一場大混亂爆發了。現在是老鼠四處亂竄、各
自逃命的時候。他們繞繩順著牆壁下降，他們一躍
而下，一波波的老鼠爬過鑿切咀嚼的同事背上，然
後爬到洞穴的地面。

站在岩架邊緣的臭鼬，不斷揮舞他的三角帽。
「快離開牆壁！他不是吃素的！動作比你想的更
快！」

騷亂中傳來費雪的聲音：「他是個大寶寶！老
鼠會怕寶寶嗎？」

獾掃視洞穴尋找艾葛莎，看見她站在巨石頂
上，默默注視著對面那些頭戴安全帽的老鼠。接著
她頭一甩，再扭頭回去看恐龍，右眼，左眼，上，
上⋯⋯上下。

恐龍用翹爪趾上的腳趾甲戳住一條攀繩。「嚕克、嚕克。」

腳趾甲？玃瞇眼細看，才發現那是一根爪趾！

艾葛莎探出身體，又唱起她流水汩汩的搖籃曲。就在那一刻，玃的背後響起一個聲音說：「你瞧瞧這是誰呀！」

玃轉過身，看到一隻頭戴安全帽的老鼠——一隻渾身髒汙、笑得露出滿口黃牙的老鼠，她的爪子裡握著一塊夾板。

「你想幹麼？」玃大聲咆哮。

「撓抓！」

「臭鼬？」玃聽到臭鼬的叫聲轉過頭，只看見他蹦到半空中，隨即奔向那隻老鼠。擁抱過後，臭鼬和老鼠拍著彼此的背。

老鼠用沾滿塵土的爪子戳了戳臭鼬的帽子。「我一看到這頂三角帽，心裡就想『只有一隻臭鼬

會戴三角帽』！」

笑容滿面的臭鼬抓著老鼠的肘部，將她帶過來。「獾，她是撓抓；撓抓，他是獾。我住在橋下第二個，啊，藍色大垃圾箱下面的時候，撓抓是我的鄰居。她是最棒的鄰居，她的送餐服務也是最棒的。如此講究的美食！楓糖漿、發酵檸檬和木瓜——當然是當季的。你吃過木瓜嗎？木瓜的味道很像沒有烘烤的香蕉奶油派餅，當你用十號馬口鐵罐頭爐煮東西的時候，拿木瓜當甜點真是快速又便利。」

獾眨著眼睛。「你住過垃圾箱底下？」

臭鼬沒理他，只是衝著撓抓笑得很燦爛。

撓抓朝臭鼬的手臂打了一拳。「我想念你的流浪漢燉菜，孩子。你那個紅色手提箱還在嗎？」

「哈！全靠妳的麻繩才沒散開！」臭鼬指了指，「那個夾板真不錯。妳的組織能力向來傑出，

這是妳的老鼠團隊嗎？」臭鼬笑著轉向那面牆壁，接著臉色一沉。「噢。」

牆壁上戴著安全帽的老鼠迅速跑得精光，留下一堆亂七八糟的繩子，還有扎滿扣環、岩釘與岩鉤的石塊。

撬抓用下巴指著牆壁。「七十三老鼠公會是我們所剩無幾的成員。」

臭鼬嚴肅的看了撬抓一眼。「妳必須離開這裡，老鼠在這裡不安全。」

「一場可怕的災難！真正的悲劇！」撬抓摘下安全帽，用手臂內側擦了擦頭，接著又戴上帽子，拴緊扣帶。「老鼠公會的老鼠習慣把性命懸在一根繩子上，卻從未遇到過復活的寶物！取出琥珀裡的化石蛋？當然，我們會在那條虛線上簽名，但我倒想看看有哪一條老鼠公會的準則，說我們必須把自己當成義大利麵被吞掉。」

艾葛莎流水般的搖籃曲填滿了之後的片刻停頓。

撓抓憂心的瞥了一眼艾葛莎。「你得讓那隻雞停止出聲才行，她跟點心一樣大。」

獲看看艾葛莎，再看看恐龍。令人高興的是，恐龍只關注懸垂在腳趾上的攀繩。他抖了抖一隻腳，再抖了抖另一隻。「嚕克！嚕克！」繩子嘎嘎作響，接著便斷掉了。

戴著安全帽的老鼠，在洞穴地面上匆匆收拾個人物品及額外裝備，包括：繩子、網子、防水布、彈力繩、安全背心、安全帽、安全背帶，以及攀爬的零碎東西和所有的工具箱。

臭鼬和撓抓來到獲的身邊，他們三個看著費雪對一隻經過的老鼠講話，接著又跟下一隻老鼠交談。獲聽到「雙倍工資」、「加班費」和「名聲、有面子、榮耀」等字眼，但是這些一點用也沒有。

老鼠一隻接著一隻堅決向前推擠，唯有碰到存放果汁和一串串起司的冷藏箱時，才稍微停頓一下。

撓抓不滿的說：「那隻鼬鼠真不要臉，這件事我一定會讓羅莎（ROSHA）知道！」

臭鼬低聲說：「羅莎就是老鼠職業安全與健康管理局（Rat Occupational Safety and Health Administration）的簡稱。」

「阿阿阿阿阿阿嚕克！」

一聽見這個聲音，他們三個都僵住了。獾看到恐龍的繩子纏繞在一起，嘶嘶、匡啷、嘶嘶、匡啷……然後繩子又被扯斷，發出嘶嘶、啪、啪的聲響。

之後是艾葛莎流水似的歌聲。

「夠了，」撓抓喃喃自語。她用肘部夾住夾板，兩隻爪子圈在嘴邊，然後吹起口哨。她的尾巴豎起後開始打轉。「我們這就離開。孩子，見到你

好高興。」

臭鼬和撓抓又用力拍了拍彼此的背。

撓抓朝獲輕輕點了個頭，然後神色嚴肅的看了臭鼬一眼。「你們三個得離開這裡，趕緊抓住那隻雞走吧。」

「是，我會勸她的，」臭鼬小跑了三公尺多，來到艾葛沙的巨石下大喊：「艾葛莎？我們該離開了！」

就在這時，噗砰──第一盞聚光燈滅了。

「阿阿阿嚕克！」恐龍跺著腳。一條繩子從腳趾上掉落，小石頭如雨點般落下。

臭鼬說：「我說的話妳聽見了嗎？是離開的時候了。」

「獲？表兄？」費雪的聲音響徹洞穴。

獲跨步向前，瞥見撓抓和另一隻老鼠抬著冷藏箱消失在通道中。

費雪繼續說：「好好照顧我的恐龍，我會回來接走他的。」

「抱歉，費雪，我們不會在這裡逗留。」

「那是你的想法。呵呵！」費雪把拐杖向外伸。

噗砰──第二盞燈也滅了，眼前的一切變得黑漆漆的。

「嚕嗚嗚嗚克！」

「真是亂七八糟。」

一道光束射出。獲轉過身，看見艾葛莎扭亮她的頭燈。光束穩穩的穿過缺口，照在恐龍站著的牆壁頂端。

臭鼬說：「艾葛莎，妳知道我不喜歡什麼？我不喜歡，但妳就是要做是什麼意思？妳說這樣最好又是什麼意思？艾葛莎，請妳現在就下來。」

可是艾葛莎沒有在聽臭鼬說話，她朝恐龍探出身體，繼續唱著歌。

「嚕噗？嚕噗？」恐龍叫著。

獾聽見下方洞穴裡的聲音：踢、踏，踏。踢、踏，踏。這是費雪腳踩檸檬黃色的平底便鞋、手拿拐杖走路的聲音。腳步聲越來越遠了，踢、踏，踏。

獾的眼睛適應了黑暗，現在他才看見下面的洞穴是空的。

踢、踏，踏。聲音是從通道裡傳出來的。踢、踏。腳步聲停了，緊接著是個飛快摸索口袋的聲音。盒子裡有個東西在嘎嘎響，靜悄悄的一聲啪、啪、嚓。「開始了，呵呵！」

獾聽見「嘶嘶嘶嘶」的聲音。「祝你好運，表兄！」然後奔跑的腳步聲傳來：踏、踏、踏、踏、踏⋯⋯嘶嘶嘶嘶嘶嘶嘶嘶嘶嘶嘶嘶嘶嘶嘶嘶嘶嘶嘶⋯⋯

下方爆出了火花！它劈哩啪啦沿著一條線噴發

飛濺。

嘶嘶嘶嘶嘶嘶嘶嘶嘶嘶⋯⋯

「炸藥！」獾大吼大叫，轉身衝向岩石。他在撞到臭鼬的同時，一把撈起了艾葛莎。他們跌成一堆倒在地上，獾的身體壓著另外兩個，

嘶嘶嘶嘶嘶嘶嘶嘶⋯⋯

磅、砰砰砰砰砰砰砰砰砰砰砰！

第十二章

　　洞穴內煙霧瀰漫，空氣悶熱汙濁，鼻子裡還塞著塵土。「我在哪裡？」獾聽見耳朵裡傳來怦怦怦的心跳聲。

　　洞穴、費雪、炸藥。

　　他的肋骨被推了一下。「從、我、身、上、滾、下、去！獾怎麼會這麼重啊？」

　　「波克！波克──波克──波克。」這個聲音連同一道光束從獾的腋下冒出。

　　「呃呃阿阿阿阿克！」

恐龍。為了讓自己鎮定下來，玁想，「恐龍在那邊，在那些岩石上，我們之間隔了相當大的距離。」他怎麼會讓自己陷入這樣的處境？這是一個史無前例的困境！他不是應該為他的岩石牆尋覓字母 A 的瑪瑙嗎？玁焦急的發出嘿嘿嘿的笑聲，然後慢慢用後腿站起來。

「你終於移動了！」臭鼬坐了起來，「什麼事這麼好笑？炸藥爆炸之後被一隻玁壓扁並不好笑。」他拉出自己的三角帽，把它彎回原來的形狀，然後戴在頭上。

艾葛莎抖了抖身體，關掉她的頭燈。

玁拍了拍屁股，塵土四處飛揚，小石頭、碎片和泥土像雨點般落下。

玁聽見高處有個輕柔的劈啪聲。他停止動作，耳朵朝聲音傳來的方向抽動了一下。突然「啪」的一聲，啪、啪，有岩石要掉下來了。

「岩石！」玃一邊大喊一邊退後。臭鼬跟在玃的後面奔跑，艾葛莎則振翅飛到臭鼬的三角帽上。

在一陣巨大的嘎吱聲後，接著是岩石脫落的一聲嘆息。

臭鼬和玃將身體緊貼著洞穴的岩壁。

岩石砸到地上且彈起時，響起了清亮的啪答聲！

「阿呃呃呃呃嚕阿嗚克！」恐龍狂吼。

玃閉上眼睛。啪！那塊岩石又恐怖的彈跳了第二次。那個響聲迸發開來，撕裂著空氣，然後……

砰咚。

所有東西都在顫抖，包括玃的牙齒。

大大小小的石塊不斷從身邊掃過，灰塵和泥土使得空氣變得霧濛濛的。

一條碎石小溪：嗒、嗒、噹、噹……噹……噹匡。

四下一片安靜。

臭鼬的聲音打破了寂靜：「那塊岩石剛好墜落到那邊的機率有多大？它就像是一座恐龍橋。」獾睜開眼睛，只見臭鼬戴著一頂滿覆灰塵且髒兮兮的三角帽，艾葛莎藏在帽子前面的角落，看來更像一團沾滿汙泥的羽毛，而非一隻矮腳雞。

臭鼬指著前方。獾看了一眼，那塊岩石牢牢插在他們剛剛站立的岩架和支撐恐龍的牆壁之間的缺口。臭鼬轉身對獾說：「我沒看到恐龍，你覺得恐龍還好嗎？」

在臭鼬背後不遠處，一隻角出現了，然後隨著恐龍一步接著一步走上岩石橋，又冒出一個塊狀的頭部。恐龍歪頭瞅著獾，先右眼，再左眼，然後兩眼同時看。

「沒事，他沒事。」獾好不容易才把話說出口。他貼著洞穴的石壁側身滑過去，並且示意臭鼬照

168

做。臭鼬轉過身，驚訝得把眼睛睜得好大。

　　恐龍伸長了脖子，想把臭鼬看清楚一點。「嚕嗚嗚嗚嗚嗚嗚嗚嗚噗？」

　　恐龍精神抖擻的豎起他細長頸部的羽毛，兩隻腳來回跳躍著。「嚕嗚克──嚕嗚克？」他衝著臭鼬的方向猛甩那顆長了角的恐龍頭。「嚕嗚克！」

　　玀看懂了，是那頂三角帽。「角！」

　　臭鼬眼裡滿是恐懼。「我知道恐龍有一隻角。」

　　「不是，」玀在自己的頭頂上方揮動兩隻爪子，「你的帽子，有三隻角，你看起來就像是一隻恐龍！」

　　恐龍垂下他長了角的頭部。

　　臭鼬看得目瞪口呆，接著說：「三角龍？」

　　恐龍奔向臭鼬。

　　臭鼬眼睛圓瞪，隨即又閉得死緊。他的臉皺縮成一團。

恐龍跑到臭鼬面前猛然停住。「阿阿阿阿阿呃呃呃阿阿阿阿克！」他發出狂吼。

　　一條又尖又長的粉紅色舌頭，把臭鼬從下巴一直舔到三角帽。

　　艾葛莎扭動身體，從帽子的角落掙脫出來。她歪著頭眨眼，左眼，右眼，接著一步一步走到捲起的帽簷。她在那裡站穩腳步，然後拍動翅膀，再跨兩步站到恐龍的頭上。她停在恐龍的兩眼之間。「波克。」

　　「怎麼回事？」獲大聲說。

　　恐龍搖了搖頭，艾葛莎卻堅守陣地，站得穩穩的。「波克！波克──波克、波克。」

　　獲抓住臭鼬，將他一把拉開。「我沒有被唏哩呼嚕的吞掉？」臭鼬嘟嘟囔囔時，獲把他的紮染大手帕塞到臭鼬的爪子裡，然後拽下他的三角帽。臭鼬稍微擦乾身體，把溼答答的手帕還給獲，並且急

切的說：「艾葛莎在哪裡？你看見艾葛莎了嗎？」

獾指向恐龍。

臭鼬看到了。「噢，糟糕。」

他倆瞅著俯身凝視恐龍一隻眼睛的艾葛莎，右，左，右。接著她又一步、兩步、三步跨過恐龍的鼻子，再深深注視他的另一隻眼睛，左，上，下，左。

臭鼬急迫的看了獾一眼。「她做到了，現在她不會下來了。」

「你是什麼意思？她做到了什麼事？」

臭鼬傾身向前。「艾葛莎一直在鼓起勇氣。她說無論發生什麼事，她都要陪著恐龍。倘若費雪把恐龍帶去動物園、科學實驗室，或是寵物店，她都會陪著一起去。」臭鼬搖了搖頭，「獾，那是恐龍——更何況他還不是吃素的！我們是勸不動艾葛莎打消這個念頭的，我試過了。」

他看著艾葛莎，兩隻眼睛睜得大又圓。「點心大小！」

獾驚懼的盯著臭鼬看。「你怎麼都沒跟我說？」

「我要在什麼時候說？」臭鼬攤開爪子，「在炸藥爆炸和石塊墜落之間有空檔的時候嗎？」

艾葛莎又唱起她流水似的搖籃曲。恐龍睜大了眼睛，兩顆眼珠子向鼻子集中。「嚕噗？嚕噗、嚕噗？」過了一會兒，恐龍低聲說：「嚕嗚嗚嗚嗚嗚嗚嗚嗚噗。」

艾葛莎的身體隨著呼吸膨脹，呼吸變作音符，音符融入旋律。恐龍的鬥雞眼，心滿意足的盯著鼻子上的橙色小母雞。「嚕噗、嚕噗？嚕噗、嚕噗？」

獾當然明白，數億年過去了。恐龍時代？隨著隕石引起的砰咚撞擊消失了！這隻恐龍需要一個嚮導，教他如何遵循哺乳類動物時代的生命軌跡圖生存。但是艾葛莎？獾緊握爪掌。「我才剛剛開始認

識她。艾葛莎是我的朋友，我不希望她這麼做。」

臭鼬心情沉重的嘆了口氣。「我知道。」

艾葛莎抖鬆渾身的羽毛，拍了兩下翅膀，飛到恐龍的獨角上，打開自己的頭燈。「波克波克。」她大喊。

「再見？」臭鼬驚呼。

玀盯著臭鼬。「再見？她是什麼意思，再見？」

恐龍的頭頂射出一道雞大小的光束，接著恐龍帶著緊緊攀住獨角的艾葛莎轉過身，開始向上邁出大步，走入洞穴。

「他們要去哪裡？」玀說：「出去的路在這裡。」玀望向自己所指的地方，只看到碎石、大石頭和兩盞聚光燈的殘骸。通道完全堵住了。

艾葛莎流水似的搖籃曲充塞了整個洞穴，與此同時，她和恐龍也越爬越高。「嚕噗、嚕噗？」恐龍說。

「嚕、嚕？」洞穴的牆壁發出回音。

「我要跟著他們，」臭鼬說完，戴上他的三角帽，眼睛緊盯著那道光束，「這樣不安全，上面沒有出口，要是恐龍和艾葛莎卡在上面，不知道會出什麼事？不會平安無事的，我會鼓起勇氣盡可能幫忙。」他嚴肅而堅決的看了獾一眼。

「我們一起去。」獾說著點了點頭。

他們的小背包已半埋在碎石之下，他們把背包挖出來，把它背在身上綁好束帶。獾抬頭往洞穴裡張望時，艾葛莎頭燈射出的光線已經微小得有如針孔。儘管石頭鬆動，恐龍倒是走得腳步靈活。

「快點！」獾出聲催促。

臭鼬抬頭一看。「是，我們必須快點！」

獾和臭鼬跟隨恐龍與艾葛莎向上爬啊爬啊爬。他們用他們的爪子爬行，他們攀登而上，他們動作輕快，可是恐龍的動作更快。過不了多久，他們已

經看不到艾葛莎頭燈發出的微光。之後，他們連艾葛莎流水似的歌聲也聽不見了。接著——在很遠很遠的地方——他們聽到一陣撞擊和石塊翻滾崩落的聲音。然後？

寂靜。

「艾葛莎！」玀加快腳步，臭鼬也快速跟上。

終於，他們環抱一片岩壁繞過去後，聞到了新鮮的空氣。新鮮空氣？他們攀爬過一塊巨石，看見一堆碎石上有光線。他倆走入光線仰望上方，玀看見了一個被天空填滿的洞口。

玀把兩隻爪掌併在一起，將臭鼬頂出洞口。

「陽光！」臭鼬大喊。

玀穩住後腳，一隻挖掘的爪子插入縫隙，接著撐起身子鑽進了……

一片草地？

他揉了揉眼睛，看見一隻蝴蝶，三朵花，還有

蜜蜂嗡嗡嗡的繞著圈圈。

獾站起來，把整個區域掃視一遍。「她在哪裡？艾葛莎在哪裡？」

然而，四周沒有那隻矮腳母雞的蹤影，也沒有恐龍。

三朵花吸引了獾的目光。他再看一眼，才發現那根本不是花朵。他撿起一朵遞給臭鼬。「你看！」

臭鼬看得很仔細。「這是羽毛──淡紫奧平頓雞，」他點了點頭，指著草地，「到處都是羽毛。」臭鼬蹲下去，從草叢中拉出一根長長的可可棕色羽毛。「這是外夕凡尼亞裸頸雞？」

這時獾也看見了，草叢中夾纏著羽毛；羽毛勾在樹枝與樹皮上；羽毛在空氣中搖擺，再慢慢散落到地上。獾捏起一根纖細、尖端是白色的黑色羽毛。

臭鼬看著那根羽毛點了點頭。「是蘇格蘭矮胖

雞。」

　　獾看著臭鼬，眼中帶著疑問，接著他說：「這
是什麼意思？」

　　臭鼬兩爪插腰，點點頭說：「好消息，雞來過
了。」

第十三章

　　「午餐！」臭鼬突然撲通坐下，拽下背包，拿出一個午餐袋。玀瞥了臭鼬一眼，隨即盯著他發愣。只見臭鼬渾身覆蓋著粉狀的灰色顆粒，蜘蛛網從三角帽上飄落，他臉上一撮撮鬈曲的毛尖尖聳起，而且變得僵硬又骯髒。玀在這時想起了恐龍剛才那一舔，看著臭鼬把一份乾淨的三明治拿到面前咬了一口，玀忍不住瑟縮一下。

　　停頓片刻之後，玀說：「就這樣？雞來過了，所以一切都好嗎？你確定雞應付得了恐龍？雞舍裡

的恐龍？我們怎麼知道艾葛莎沒事？」

臭鼬一邊咀嚼一邊思考。「我沒把握，但是看到一片掉滿雞毛的草地，我倒覺得不錯，尤其是在我以為會出什麼事之後。」他停頓了一下才笑著說：「哈！有那些雞在，使壞的恐龍寶寶大概逃不過懲罰了！哈哈！」

玃並不覺得好笑。

臭鼬見到玃臉上的表情。「低估雞是個錯誤。雞會不斷給人驚奇，這是事實，玃！」臭鼬點點頭，移開了目光。「一分鐘前眼前一片黑暗，你十分確信最不幸的結局即將到來。然後，突然之間出現了小小一圈藍天。那是怎麼回事？為什麼會發生？誰知道呢？但它確實發生了，而且發生得比我們料想得更頻繁。」

臭鼬嘆了口氣，抓著三明治的爪掌垂落到腿上。「同樣的，壞事——毀滅性、肉食性的壞

事——也隨時都在發生。有時壞事發生在你、你的朋友，或是你的家人身上，於是你必須背負這個重擔。有時你十分確定大限到了，」臭鼬悲哀的搖了搖頭，「恐龍唏哩呼嚕的吞了一隻老鼠。」

接著臭鼬點了點頭。「你說得對，貛。這事也可能有不幸的結局，儘管如此，雞還是來過了。那是小小一圈藍天，現在我們能做什麼？不管這片草地上出了什麼事，事情都已經發生了。」

貛哼了一聲。

「要是有留個字條就好了，」臭鼬說完，他咬了一口三明治，再拍拍身邊的苔蘚，「坐吧，你想必餓了。」

太陽已經來到下午的位置。貛的肚子先是打了個寒顫，接著一陣發抖。午餐！

貛竭力把肚子餓的念頭推到一邊，再一次掃視這個區域。沒有雞，沒有恐龍，沒有掙扎的跡象，

遍地都是羽毛。

恐龍從一個變成化石的蛋孵化出來？不可能！身為一個重要的岩石科學家，這種事他一點也不應該相信，然而有個洞就在那邊。玀盯著洞口。那個洞通往洞穴，他在那裡第一次看見琥珀中有顆化石蛋。

玀又開始在草地上搜尋。艾葛莎在哪裡？

「真是亂七八糟。」玀的一隻爪掌摩挲著身上的條紋，碎石灑落下來。

玀嘆了口氣，「撲通」一聲在臭鼬身旁坐下，拿出他的午餐袋。他撕開三明治的包裝紙，塞了大半的三明治到嘴裡，然後一口吞下。身旁的臭鼬笑出聲來。「哈！還記得你大喊『蛋就在這裡』嗎？蛋就在這裡！就這樣！哈！被蛋催眠了！」

玀嘆息著說：「是啊，我被蛋催眠了。」他確實記得，可是他滿腦子都是艾葛莎。艾葛莎，希望妳沒事。

吃完午餐，臭鼬和獾同意他們無法在五號營地多待一夜。「費雪非常冷酷無情。」獾說。臭鼬點頭同意。「等他發現洞穴裡的恐龍不見蹤影，肯定不會高興。」是收拾行李的時候了。

他們走了一個半小時才回到營地。「洗澡時間！」臭鼬邊喊邊脫衣服，沿著通往無盡湖的小徑走去。獾看到了他的帳篷。洗澡聽起來不錯，可是他們需要盡快離開，他寧可先拆卸帳篷。

二十分鐘後，營地整理乾淨了，獾的帳篷攤平在地上，地釘已經取下，帳杆也綁牢了。臭鼬出現在小徑上，他從一身灰撲撲，變成溼答答的黑色與白色，就連那頂三角帽看起來也乾淨了幾分。

臭鼬一蹦兩跳三慢跑，來到獾的面前。「一切都打點好了！」

「很好，我去把你的背包拿下來。」玃走向那棵大樹，「日落冒險」黃背包和「背上就走」藍背包高高懸垂在空中。

臭鼬衝到前面，堵在玃的面前。「別管它了，我們不妨等到最後一分鐘。我們都不想引來大熊，記得嗎？」

被堵住去路的玃停下腳步。哪怕是從這麼遠的地方看，臭鼬的黃背包看起來也是歪七扭八、處處尖角，風箱明顯的凸了出來。

「臭鼬，你需要重新打包，還記得你花了多久才打包好嗎？」

「打包沒有必要，一切都打點好了，」臭鼬咧嘴笑著說：「我請了貽貝來幫忙。」

「肌肉[15]？在哪裡？」玃看著臭鼬小而無力的胳

---

15 貽貝的原文mussels和肌肉的原文muscles是同音字。

184

膊，再看看臭鼬瘦得可憐的兩條腿。

臭鼬在口袋裡摸索，摸出一張溼掉的名片，把它遞給貛。

貛讀著那張名片：

貽貝幫你搬

三緘其口
並且一路搬回家！

～～～～～～～～

無盡湖卵石岸

臭鼬把名片放回口袋。「他們的態度親切極了，劈頭就說『很樂意幫忙！』而且那個笑容——笑得嘴巴開開！我確實得把臉伸進水裡，湖水好冷！為什麼盛夏的無盡湖竟然如此冰冷？無論如何，搬家的貽貝會把黃背包搬回褐砂石屋。」

「淡水雙殼貝？」這不合理啊，「靠一個鉸齒黏在一起的兩片貝殼？」獾攤開又握起他的爪掌。

「完全正確！各式各樣的貽貝都有，但多半都是厚殼貽貝、獅鼻蚌與河蚌。」

獾舉起一隻爪子。「讓我把事情搞清楚，貝殼會一路把日落冒險公司的黃背包扛回褐砂石屋？」

臭鼬盯著獾看，然後難以置信的搖搖頭。「貽貝不僅僅是貝殼！貽貝告訴過我，有些動物除了貝殼，別的統統都看不見。這是為什麼呢？貽貝就在那裡！你沒見過貽貝嗎？從來沒有？但這是你最喜愛的湖。」

獾忽然感受到一股倦意，他今天實在是經歷了不少事。他看著臭鼬說：「幫我把帳篷捲起來好嗎？」

「很樂意幫忙！」臭鼬用滑稽的高音說。

「好極了。」獾淡淡的回答。

就在那個時候，獾一轉身就看到了。在樹林的
邊緣，一雙檸檬黃色的平底便鞋露出了鞋尖，錯不
了的。

第十四章

「表兄！」

臭鼬發出呻吟。

費雪從暗影中跨入光明，並且舉起拐杖裝模作樣的敬了個禮。「我一直到處找你。不過你當然是在五號營地這裡——你最愛的老地方！」

「又怎麼了，費雪？」獾沒好氣的咆哮。

費雪「砰」的一聲重重放下他的拐杖。「獾，我的恐龍呢？」

臭鼬的尾巴翹了起來。「他不是你的恐龍，沒

有人擁有恐龍！」

獾把一隻爪掌放在臭鼬的肩膀上，和費雪充滿興味的眼光相遇。「關你什麼事？」

「就這樣嗎？」費雪哼了一聲，「讓我介紹一下派奇和甜豌豆。」

兩隻貓從陰影中走出來。派奇是一隻肌肉發達的花貓，眼睛上有白色的斑點；另一隻則是魁梧的虎斑貓，身上的毛禿了好幾塊。虎斑貓打了個大大的呵欠，四肢伏地，將身體前彎伸展成驚人的弧度。接著他打了個寒顫，爪趾收起又伸出，然後他起身，酷酷的倚靠身體的側邊，慵懶的舔著一隻爪子。他一點也不甜，而且比豌豆還大。

「我不喜歡走出屋子的家貓。」臭鼬喃喃說著。他睜大了眼睛，尾巴顫抖著。

獾以鋼鐵般的冷硬目光盯著費雪。「你的朋友變成野貓了，費雪。」

讓我向你介紹派奇和甜豌豆。

甜豌豆把一隻爪子的指關節折得喀答響，接著再折另一隻，派奇則是轉動著一邊的肩膀。

　　「野貓？我想是吧，呵呵！」費雪咯咯笑了，「甜豌豆和派奇在幾個月以前就被野放到處閒逛了。重傷、猛擊，劈砍，肢解，撕裂——貓就是那樣。他們玩得多瘋啊！貓若是打起滾來，看著就是開心。就像我經常說的，我有什麼資格掃他們的興？」費雪頓了頓，把頭一歪，然後說：「我再問一遍，我的恐龍呢？」

　　兩隻貓四肢著地，身體低伏，尾巴在空氣中揮來揮去。

　　玀皺著眉頭說：「我怎麼知道？我跟你一樣一無所知。」

　　費雪咂了咂舌頭。「這個回答不夠好。」

　　玀的心臟怦怦亂跳。「你以為我能把一隻恐龍藏在哪裡？」他指著五號營地，「一切都攤在你的

眼前，一目了然。」

「你沒有告訴我全部的事實，我勸你還是熱心一點的好。」費雪下巴一甩，派奇和甜豌豆便匍匐前行。派奇走一邊，甜豌豆走另一邊。

臭鼬退後了一步，獾也和他一起退後，並且舉起兩隻爪子。「得了吧，費雪。你沒有恐龍，我也沒有琥珀蛋可以用來研究科學。我倆的運氣都不好，我們就此作罷，好嗎？」

臭鼬在獾的左邊不安的動來動去、大口吸氣，可是獾不敢轉頭去看。那兩隻貓越來越逼近他們，派奇緊跟臭鼬，甜豌豆則一步一步的靠得更近了。

費雪拿拐杖敲打地面，然後抬頭咧嘴笑了笑。「我不想惹惱你們，可是那團橙色的小毛球在哪裡？」

臭鼬聽了渾身僵硬。「我們不談她的事！」話一說完，臭鼬瞬間像是射出的子彈似的飛快逃開，

三角帽從他的頭上飛落。

「貓！」玀驚慌大喊，「追趕本能！」在這個情況下，貓的腦子只會給他們一個選擇：追！

甜豌豆縱身一躍，便趕上了一半的距離。派奇往另一個方向狂奔。玀追趕著他們，費雪也跟隨在後。

臭鼬停在那棵高大的樹附近，從口袋裡掏出一個東西丟給了玀。

玀接住了。

臭鼬比出一個砍切的手勢，然後向上看。

玀注視自己握著的東西。一把鍋鏟？然後看向將兩個背包吊掛在空中的繩子。用一把鍋鏟？但他有什麼選擇呢？玀咬緊牙關，活像自己握著的是一把斧頭，然後他發出「啊啊啊啊啊呃呃呃呃！」的喊聲，用鍋鏟的邊緣砍向繩子。

這樣做絕對是行不通的。

可是它奏效了！

繩子被砍成兩截。被一把鍋鏟？是的，一把鍋鏟！鍋鏟就這樣插入了樹幹。獲鬆開手，往旁邊跨出一步。現在他沒時間發出驚嘆，斷掉的繩子嗖嗖響著鑽進了樹裡。

一聽見這個聲音，派奇發出一聲哀鳴，甜豌豆伸出爪子拍打空氣，費雪則縮成了一團。

兩個背包從高處墜落而下。

獲的「背上就走」背包，「砰咚」一聲掉在跳起又滑倒的費雪旁邊。「日落冒險」背包則是勾到樹枝後翻倒了，而且斷掉的帶子讓背包的頂蓋翻了開來。先掉下來的是鑄鐵煎鍋，接著是一袋雞飼料、椒鹽脆餅，和十來個包裝好的午餐袋。壓蒜器敲打地面，雞蛋爆開，一瓶醬油摔碎了，風箱的進風口插入地面直直豎起。後來黃色的「日落冒險」背包翻了個身掙脫樹枝，掉落到地上，發出輕輕的

「砰」一聲。

片刻靜默之後，一陣掌聲響起。玃看了看四周。

是費雪在鼓掌，他毛茸茸的臉上泛起好玩的微笑。「不錯的嘗試，挺好的小計謀！」他「啪啪」拍了拍爪掌說：「那是鍋鏟嗎？呵呵！誰想得到啊？」啪、啪、啪。

玃評估一下眼前的狀況，開始後退。派奇和甜豌豆靠得太近──太近了！臭鼬又離得太遠──在另一邊。玃又退後了一步。

費雪的目光穿透了他。「時間到，告訴我洞穴裡發生了什麼事。」他一扭頭示意，派奇與甜豌豆就向前逼近一點。

臭鼬和他們一起移動。「別碰玃！」

「臭鼬，離開這裡，慢慢退後！」玃咬著牙低聲說。

頭頂上方響起輕微的聲響，是紙袋被壓皺的聲音，緊接著砰、砰、砰……

噗嗚嗚嗚嗚嗚嗚嗚呼呼呼呼呼呼呼呼呼！

五磅重的麵粉袋爆開了，空氣中飄散著磨得細細的小麥。臭鼬不見蹤影，玀向地面俯衝，派奇跳著追趕玀，玀翻過身去猛咬牙齒。

臭鼬一拳突破了麵粉迷霧，降落在派奇和玀之間。他豎起尾巴，然後精準的把臭液噴在派奇身上。

「啊啊啊啊呃呃呃呃！」派奇嚎叫一聲跳了下去。

「正中嘴巴！」臭鼬說著舉起緊握的爪掌。

臭啊！那味道臭得讓玀差點窒息，不過那是希望的臭味。他眼睛泛淚、鼻子滴水，但是這些都不要緊。玀一躍而起，摀著臉，瘋狂的朝臭鼬猛打手勢。「快噴甜豌豆！噴他們每一個。」

臭鼬絆了一下，抓住獾的肘部。「我有沒有說過噴液會讓我犯睏？我需要打個盹。」說完，他就癱倒在地上。

　　「打個盹？現在？」

　　可是臭鼬已經躺在地上睡著了。

　　遠處傳來了叮噹聲，但是獾壓根沒有留意。他站在臭鼬前面想著：「不管他是什麼來了，我要待在這裡保護臭鼬。」

　　結果來者是甜豌豆和他揮舞的貓爪。左爪狠狠一擊！獾用爪子勾住了貓。叮噹聲變大了，甜豌豆連續敲打獾的後腳。獾在揮動他的挖掘爪時，嗅到了淡淡的薄荷味。薄荷？在滿是臭鼬噴液的惡臭之中？儘管如此——是的！空氣聞起來多了幾分清新。

　　甜豌豆渾身打起哆嗦。那隻貓瘋狂亂抓，接著

猛擊他頭頂上的一粒塵埃。薄荷的味道越發濃郁，伴隨著更大的叮噹聲隨之而來。

「專心！」費雪命令那隻貓。

喘著氣的甜豌豆，痛苦的看了費雪一眼，隨即翻身躺在地上，瘋狂的抽搐著。

「那是雪橇鈴聲嗎？」臭鼬在獾的背後喃喃自語。

獾看了看，森林的地面似乎在移動。不，等等！有很多東西——不，是什麼人正在穿過樹林地面。那些綠色植物是綁在尾巴上的？然後獾明白了。

「撓抓！」獾放聲大吼。撓抓率領一群老鼠——成千上百隻老鼠——穿過五號營地。他們在尾巴上綁著鈴鐺和綠色植物，有些老鼠的頭上戴著印有數字 73 的鴨舌帽。

撓抓舉起爪子打招呼。「貓薄荷。祝好運。」

「我欠妳一份人情。」玃高聲吶喊。

撓抓用尾巴戳了戳費雪。「等著接羅莎的信吧。」說完，撓抓便消失在七十三老鼠公會中，不見了蹤影。

甜豌豆猛然彎背跳起，四肢著地，接著發出「喵唉啊啊啊！」的聲音，追逐老鼠去了。

兩隻貓都跑了。

玃如釋重負的嘆了一大口氣。事情解決了，他看著自己的表弟。「你的恐龍不在我手上。回家吧，費雪。」

話一說完，玃轉向臭鼬。臭鼬睡在他倒下的地方，嘴巴半開。玃把臭鼬拉到一個更舒服的位置。

可是費雪沒有離開，費雪留在原地不動。他站在玃的背後，並且開始說：「她究竟看上你什麼？為什麼你能得到褐砂石屋？你粗暴易怒又難相處，哪裡有魅力？哪裡有翩翩風度？你知道我找到了多

199

少岩石嗎？真正具有價值的岩石，讓所有動物不惜大打出手的岩石！你應該看看我去年春天發現的蛋白石礦脈，而且那些還不及我一半的發現！我什麼都找得到，找到恐龍根本不算什麼！我是寶物買賣的高手！人人都知道費雪，但誰知道你，玃？岩石科學！日復一日鑿切最普通的岩石，魯拉阿姨為什麼這麼在乎你？」

玃先是聽到了聲音。啪，那是石頭被拋起和接住的聲音。拋起，啪。拋起，啪。一段記憶在腦海浮現──鼬鼠家族的聚會。玃背對著費雪說：「我沒有得到褐砂石屋，魯拉阿姨是讓我和臭鼬住在那裡。」他面前的臭鼬打了個呵欠，接著蜷縮成一團。

啪，玃聽到了。

玃站起來，轉過身去。

那塊蜘蛛眼瑪瑙躺在費雪的爪掌中。漩渦和眼

睛！深不見底的黑暗！玃看得目不轉睛，然後看著費雪，眼神中透露著真正的困惑。「你一直把它留在身邊？為什麼？你又不喜歡瑪瑙。」

費雪聳了聳肩。「為什麼不？我得到它了，而你沒有，」他看了玃一眼，「想不想要？」

玃想要。想再一次用爪子觸摸那塊瑪瑙嗎？想再一次深深凝視著它，想像地球的誕生嗎？就是這塊蜘蛛眼瑪瑙開啟了一切。「那是我的岩石，是我找到的，把它還給我！」玃伸出手要拿回瑪瑙。

費雪握起爪子，把爪子放在背後。「告訴我炸藥爆炸之後發生了什麼事。那隻小母雞呢？告訴我，不然你再也看不到你的瑪瑙了。」

玃知道自己根本不應該選擇。背叛艾葛莎、背叛雞群、背叛那隻恐龍，就只為了一塊瑪瑙？他知道這不是他必須考慮的事！但是玃很想拿回他的瑪瑙，他想要他的瑪瑙很久很久了。它是，永遠都

是，他的字母Ａ岩石。

「啊啊嗯嗯嗯！」獾咬牙切齒的發出呻吟。

就在這個節骨眼，獾聽見自己背後有個聲音。「哼，嗯，」啪答、啪答，「呵。」

「是臭鼬！」獾心想，臭鼬的聲音聽起來睡得很熟，但他就在自己的背後，「我不孤單，我和我的朋友在一起。」

啪答，地面在顫抖。「哼姆姆噗呼。」

「是的！我們站在一起！」獾感覺到背後有股鼻息吹開了自己的毛，同時散發出熱氣。「我朋友的熱氣緊貼著我！」獾挺直了肩膀，再調整一下雙腳的站姿，他挺起胸膛說：「費雪，你打不過我們兩個！」接著，獾終於說出了必須要說的話：「瑪瑙你留著吧，我選擇我的朋友。」

回應來的很快，而且令人十分滿意！費雪的臉上露出驚懼之色，他哀叫一聲跌倒在地，然後連滾

帶爬的倒退。在此過程中，蜘蛛眼瑪瑙從他的爪掌中掉落。費雪站了起來，指著玃說：「事情還沒有結束，我不會放過你和你朋友的。」

費雪往後瞥了一眼，衝進樹林裡。

一頭熊躍過玃之後落地，發出「砰」的一聲。

「熊？」玃說。熊也有追逐本能！玃大喊：「別跑！」費雪畢竟是他的表弟，可是太遲了，費雪正在全速奔逃。

追逐費雪的熊跳躍了兩、三次，之後便慢慢停了下來。「哼、哼！」熊哼了兩聲。

費雪繼續狂奔。

熊把巨大的腦袋轉過來，端詳散落在樹下的一切。熊小跑著回來，發出啪答、啪答、啪答、啪答的聲音。

玃趕緊向後爬，然後被臭鼬絆倒在地。

臭鼬揉了揉眼睛。「我錯過什麼了嗎？」

獾指了指前方。

砰咚。熊坐下了。

「噢。」臭鼬說。

臭鼬和獾眼睜睜看著大熊高高舉起黃色的「日落冒險」背包搖晃。幾根燕麥棒、一個櫻桃餡餅和一份帕尼尼熱壓三明治掉下來。熊把背包扔到一邊，將鼻子探入一個午餐袋裡。「唔，鷹嘴豆泥。」

「非常大，熊，大塊頭。」臭鼬尖聲的說。

獾只能點頭附和。

— ❖ —

他們把熊留在那棵高高的樹下。他坐在爆開的麵粉袋上，大口吞下包裹在午餐袋裡的三明治、一瓶拉差辣醬、一袋葡萄乾、三顆洋蔥，還有一顆搗碎的古巴南瓜躺在熊的後腳附近。「一頓熊的自助餐。」臭鼬宣稱。

獲找到了他的蜘蛛眼瑪瑙。他撿起它，用兩隻爪掌捧著。他舉起它，讓它沐浴在最後的落日餘暉中，並且「哈哈」笑著想像地球的誕生。他把蜘蛛眼瑪瑙拿給臭鼬看。「這很值得一看！」臭鼬說。是的，獲捧著他的蜘蛛眼瑪瑙，勾起了一段回憶，然後獲帶著瑪瑙來到無盡湖畔。

　　「獲，你確定要這麼做嗎？」臭鼬說：「這是你發現的瑪瑙當中最好的一塊，也是你岩石牆上的字母Ａ瑪瑙。你要是後悔的話，可就傷心死了。」

　　獲在爪掌中滾動著蜘蛛眼瑪瑙，嘆了口氣。無盡湖的波浪一再嘩啷、嘩啷的沖刷著湖岸。「噢！啊——哇，」一隻環嘴鷗叫著，「啊噢！啊——哇。噢，噢，噢。」

　　獲看著他的瑪瑙說：「如果不這麼做，我擔心費雪又會把它拿走，然後我這輩子都要想盡辦法不讓費雪得到它。我有重要的岩石工作，我要如何才

能找到我的專注、專注、專注？再說，如果費雪又拿走它呢？或許下回我會選擇瑪瑙而不是我的朋友。這塊瑪瑙已經帶給我許多好處，若是沒有它，我會流落到哪裡？不過，現在它需要回到它原來的地方。」

臭鼬思量了片刻，隨即笑著說：「哈！說不定又會有一隻年輕的獾找到它，將來也成為重要的岩

石科學家。」

　　「是啊！哈哈！」於是玀使出全部的力氣，把蜘蛛眼瑪瑙扔回無盡湖中。

　　瑪瑙浮起來。

　　瑪瑙沉下去。

　　喀、撲通！

第十五章

　　星期四，臭鼬和獾在自己房間的床上醒來，他們已經回到了魯拉阿姨的褐砂石屋。他們起得晚，等到吃完早餐，已經是下午三點了，因此當他們打開大門，發現黃色的「日落冒險」背包靠著屋子時，已經是下午四點的事。

　　背包打包得整整齊齊，上頭放著一張名片，獾拿起它閱讀：

　　兩片帶鉸齒的貝殼？這是怎麼回事？玀明智的沒有大聲說出來。

　　臭鼬在背包裡幾乎找到了他留在五號營地的所有東西。事實上，除了吃掉的食物之外，臭鼬似乎一樣東西也沒少。「我的三角帽，還有……鍋鏟！他們是怎麼從樹幹上拔出來的？」他把鍋鏟彎一彎，「輕薄且翻動自如，一把可以長長久久使用的鍋鏟！」他笑著把它裝進了口袋。「幫忙搬家的貽貝最棒了！」

「嗯哼，」獾清了清嗓子，「你想你還會不會用到黃色的『日落冒險』背包？」

「不會，」臭鼬斷然的說：「絕對不會。最好背的背包？哈！我再也不會上那個當了。」

「我很樂意把它從你的爪子裡接收過來。」獾說得很快。

臭鼬看著他，彷彿他瘋了似的，接著考慮了一下。「那就給你吧！」

於是獾接受了。「謝謝，太謝謝你了！」

這是獾專門為獾製作的背包，獾把它拿回他的石頭房間時這麼想著。

———❖———

星期五，臭鼬扭動他的爪子，就算是聽見細小的聲響，他也會嚇得驚跳一下，因為再過兩天就是星期天了。「這將是個沒有《新犛牛時報》書評的

星期天。好失落啊，但我又能怎樣呢？G.刺蝟先生！」他對自己點了點頭，然後慢慢穿過走廊。

獾因此想到了一個主意。

———————

次日，也就是星期六，獾走到雞書店訂閱了一份週日版《新犛牛時報》。他寫上自己的名字。「獾。」他說得大聲而清晰。他與G.刺蝟先生沒有「之前的安排」，所以那隻刺蝟不會取走書評。獾留下了地址：「松貂魯拉女士位於北推斯特的褐砂石屋。」這將是個驚喜，他邊想邊露出微笑。

———————

隔天一大早，臭鼬把一碗半生不熟的燕麥重重放在獾的面前，然後呻吟著癱坐在他的位子上。他好不容易才勉強抬起頭來看著獾說：「我肚子不

餓，我不想讀書，不想玩紙牌，不想去雞書店，也不想去農民市集認識新的動物。採買！在這種時候，我怎麼能看著水果或蔬菜呢？其實我不想做的事情太多了，所以根本無事可做，」他睜大眼睛瞅著玃，「無事可做！」

臭鼬把頭伏在桌子上。

過了一會兒，玃才明白今天是星期天。週日版《新犛牛時報》！

玃衝到大門口，然後打開門。「啊哈！」它就在那裡！門前的階梯上躺著一份用牛皮紙裹著的報紙。玃一把抓起它跑回屋裡，然後「咚」的一聲把它丟在廚房餐桌上。

臭鼬抬起頭。「什麼？怎麼回事？玃！」臭鼬咧嘴笑了。他扯掉外層的包裝紙，報紙隨即在眼前展開。臭鼬把報紙鋪在餐桌上，然後埋頭一一翻頁。臭鼬嘟囔著把一頁頁報紙丟到一邊：「藝術與

休閒……時尚……週日評論……運動……雜誌……」然後他皺起眉頭,「它在哪裡?」臭鼬毛髮底下的皮膚變得蒼白,他微微點了一下頭,「我再檢查一次,這次要慢慢的確認。」

獾屏住呼吸,看著臭鼬攤開每個版面,逐頁檢查,逐頁細看……直到最後一頁。

臭鼬的眼睛飛快的來回游移。他喃喃自語:「事情就是這樣,每次都是這樣,G.刺蝟先生!《新犛牛時報》書評版不見了!」

臭鼬把頭埋進他的爪子裡。

「這是我訂的報紙!」獾大聲咆哮:「不可以這樣!」

臭鼬單調的聲音從桌面上響起。「書評版會找到的,終究找得到。不是在杜鵑花叢下,就是在資源回收桶裡。我有沒有說過無趾靴?」

他說過!

獾怒氣沖沖的衝到門口，甩開大門，然後——

他究竟想幹麼？

一切看起來都跟平常一樣，清晨的露珠在對街的草地上閃閃發亮。「嚦、嚦、嚦、嚦、嚦！」一隻北美紅雀叫著。沒什麼不對，除了缺少一樣東西。

接著獾聽到了：沙沙，啪啪！沙沙、沙沙。

獾踮起爪趾，無聲無息的一步步走到門前臺階的邊緣，接著身子向前一彎，便瞧見了樹籬笆。隔著樹籬笆，他瞥見紅色格子呢和一條流蘇。

獾帶著一隻頭戴紅色格子呢蘇格蘭圓扁帽的小刺蝟回到廚房。小刺蝟的臉上泛著羞愧的紅暈。到了門口，獾輕拍一下刺蝟，並且宣布：「《新犛牛時報》書評找到了。」

G.刺蝟先生低著頭啪答啪答啪答的穿過廚房，他爬上椅子，把書評放在餐桌上。他看著臭鼬說：「我很抱歉，我以為我們雙方同意了。」

臭鼬哼了一聲。「同意了？我們什麼時候同意的？我不記得我有說過你可以拿走我的書評。」

「噢，天啊，」刺蝟先往一邊扭動，接著又換另一邊，「嗯！是的，你說得沒錯。」獾看得忍不住縮起身體。

臭鼬傾身向前。「你為什麼要那麼做？為什麼問也不問就拿走我的書評？」

G.刺蝟先生斷斷續續拉扯他的蘇格蘭圓扁帽，然後迎上臭鼬的目光。「一開始，我告訴自己只是借書評看一看。我看見捲起來的週日版《新犛牛時報》躺在人行道上，我告訴自己只瞄一眼書評，然後就馬上放回去，結果證明很難放回去。」

臭鼬急切的點頭同意。「包裝紙上有爪印！」

G.刺蝟先生仔細看自己的爪子，接著趕緊把它們塞進口袋。他繼續說下去時，速度加快了。「後來我告訴自己，你明明知道但不在意。於是我又爬

上去，從糖漿桃子罐頭裡拿走書評——」

「然後把它留在杜鵑花叢底下！」臭鼬插嘴說。

G.刺蝟先生的毛臉脹得通紅，一肚子話傾瀉而出。「最後我對自己說，『臭鼬從來沒有說起這件事，這是我們之間的默契。』大概就是在那個時候，好幾個灑水器突如其來的灑起水來，所以我把書評放到一隻——」

「無趾靴裡！」臭鼬說。

「是的。」G.刺蝟先生最後點頭這麼說。

臭鼬心情沉重的嘆了口氣。他看著G.刺蝟先生垂頭喪氣的坐在位子上說：「我早該說點什麼才對，我們本來可以早點把這個狀況弄清楚的，」臭鼬把頭歪向獾，「你說得對，我並沒有想盡辦法解決這件事。」

「是啊。」獾不曉得自己還能說什麼。

G.刺蝟先生坐直身體，目光停留在臭鼬身上。

「我不該拿走書評的！對不起，臭鼬，我再也不會拿走你的書評了。」刺蝟對自己點了點頭說：「《新犎牛時報》書評是個弱點，我覺得書的評論讀起來就像閱讀書籍本身一樣讓人津津有味。這件事現在該停止了。」

臭鼬緊盯著小刺蝟。「是嗎？你那麼喜歡讀書評？真的嗎？」

G.刺蝟先生眨眼看著他，彷彿很驚訝的發現臭鼬在自己眼前。「是的，但也不能因此就原諒我的行為。這種事情不會再發生了。」

臭鼬彎身向前。「是搜尋的刺激感吧。有時候在書評裡，會找到適合在長篇故事之夜閱讀的完美作品。」

刺蝟睜大眼睛，用力的點頭。「有時候，光是想像閱讀這本或那本書得到的所有樂趣，就已經足夠了。」

臭鼬拍了一下廚房餐桌。「說得對極了！」

「還有那些犛牛！」G.刺蝟先生興奮的說：「犛牛知道如何評論書籍，犛牛對書和閱讀充滿熱情。犛牛的文章具有風格、原創性和幽默感，」他舉起一隻爪子，「而且犛牛會透露他們的好惡，因此你能了解他們為什麼提出某種見解，於是你更容易不同意他們的想法。」G.刺蝟先生聳起一道眉毛說：「犛牛尊重他們的讀者。」

臭鼬吃驚得下巴都要掉下來了，他過了一會兒才說：「哈！我以為是因為他們有蓬鬆的瀏海和營養充分──你知道的，所以他們才能那麼專心一意，而且不需要常常吃東西。」

G.刺蝟先生狡黠的聳了聳肩。「反正不會有壞處。」

「你跟我一樣喜愛書評！」臭鼬驚呼。

臭鼬和刺蝟相視而笑，接著停頓了一下。

G.刺蝟先生拍了拍桌子。「那麼，你好好享受書評吧。」他爬下椅子，在準備要離開的時候停下了腳步。他把爪子伸進口袋裡摸索，掏出一張摺起來的方形報紙。「這是第十二版，左下角。」他把報紙放在椅子上，然後抬頭看著臭鼬說：「再次向你致歉。」

G.刺蝟先生瞥了獾一眼，便離開廚房。

「G.刺蝟先生！」臭鼬大喊：「你想不想吃個梨子薑末瑪芬？我馬上就要做了。」

這就是開始。打從那天起，G.刺蝟先生每個星期天都會上門吃週日早餐和閱讀書評。規則是：書評必須留在廚房餐桌上，不准撕毀，針對書籍的熱烈討論非常歡迎。

＊＊＊

那個星期天的訪客，不僅僅是G.刺蝟先生一

個。下午，玃聽見臭鼬在後院說：「我想大概不行，玃不會喜歡的，當初我搬進來的時候就很困難了。」他走過去查看，發現臭鼬正在跟撓抓說話。

「玃不會喜歡什麼？」玃走近時大聲詢問。

臭鼬轉過身，露出一臉痛苦的表情。

撓抓走上前，她的一隻爪子放在一隻小老鼠的頭上。

「他叫贊諾。」撓抓說。贊諾向前一跳，敲一敲玃的小腿。

玃低頭去看。

「你有一個石頭研磨拋光機。」小老鼠抬起頭，用充滿期待的眼神看著他。

另一個聲音說：「你有一個石頭研磨拋光機？」第二隻小老鼠蹦了出來，這隻小老鼠睜得大大的眼睛裡滿是驚奇。「我能看看嗎？」

撓抓看著第二隻小老鼠。「是『我可以嗎？』」

不是『我能嗎？』」撓抓對玃咧嘴笑了笑，「他叫賽法爾。能好好教他們的時候就得抓住機會。贊諾和賽法爾，呃，他們最近成了孤兒。」

玃嘆了口氣，然後和撓抓的目光相遇。「我欠妳一個人情，」他把自己在五號營地喊出來的話又說了一遍，「謝謝妳上次回去救我，」他把一隻爪子搭在賽法爾的腦袋瓜上，「我說話算話。不過等他倆長大以後，就得搬出這棟褐砂石屋。我說搬出去的意思，就是不能住在牆壁裡，或是地板下。」玃的眼睛來回注視著撓抓和臭鼬。

「一言為定。」撓抓對他燦然一笑，露出滿口黃牙，並且伸出一隻爪子。

玃和她握了握爪子。

贊諾和賽法爾抬頭對他們倆眨眼睛。

撓抓瞥見自己的影子。「時間過得好快！我得趕快走了。」撓抓說完，便跪在贊諾和賽法爾面

前，輪流抱了他們一下。「你們需要我的時候，我會在附近。記住，七十三老鼠公會，永遠容得下像你們這麼優秀的老鼠。」

兩隻小老鼠認真的點了點頭。

接著撬抓和臭鼬道別，他們拍了拍彼此的背。

贊諾、賽法爾、臭鼬和獾目送撬抓離開，走到後院的半路上，撬抓轉過身說：「不久之後就是烤肉大會了，孩子。好嗎？讓我們燒得十號馬口鐵罐頭爐炊煙裊裊！」

「哈！好的！」臭鼬揮手回應。

撬抓拉開後門門閂，消失在小巷裡。

獾覺得有人在輕敲他的小腿，於是低頭一看。「石頭研磨拋光機在哪裡？」賽法爾說。贊諾睜大了眼睛。

「啊，你們何不先搬進屋裡？」獾說。

當天傍晚，獾為自己石頭房間的房門，做了一

個「請勿進入」的牌子。

　　星期一，臭鼬給獾一大塊琥珀。「我忽然想到，琥珀（amber）也是字母A開頭的詞彙，」臭鼬用爪子旋轉那塊琥珀，並且輕輕敲著一個點，「裡面有一小塊恐龍蛋殼的碎片。看到沒有？」

　　獾從臭鼬那裡拿走了它。「蛋在這裡。」他輕聲說。

　　「你喜歡嗎？最近你用烏克麗麗彈奏了許多小和弦，我不知道烏克麗麗彈得出那麼哀傷的曲調。」

　　「我有嗎？」獾說。他應該為《礦石採集者週報》撰寫他的「地層大角度不整合」[16]文章時，卻一

---

16 指水平平行的沉積岩地層，覆蓋在傾斜和侵蝕地層上時，所產生的角度不一致非整合面。

直在彈奏他的烏克麗麗。他把這篇文章取名為〈最近丟失了十億年？我知道哪裡找得到〉，可是不管他多麼努力想要完成這篇文章，但就是寫不出來。於是玀反倒拿起他的烏克麗麗，想著和恐龍一起離開的那隻只有點心大小的小雞，並且彈奏出當時在腦海中浮現的旋律。

玀細想著爪掌中的琥珀，淚水湧上了眼眶。「完美極了。每次看到它，我就會想起她是多麼的……」玀擦了擦眼睛繼續說：「她是多麼英勇、善良又勇氣十足。」說完後，玀看著臭鼬，眼睛睜得好大。「你想她還好嗎？」

臭鼬臉色一沉。「我沒聽到任何消息，大概還好吧，希望如此。我見到好幾隻雞，一隻來亨雞，一隻澳洲種奧平頓雞，三隻矮腳雞和公雞賴瑞，可是他們什麼都不肯說，真叫人擔心。」

「一隻恐龍？」玀搖了搖頭，「會在雞舍裡？」

「我懂。」臭鼬說。

獾看著岩石牆開頭部分的那個空臺座。他取下臺座，把那塊琥珀擺上去，然後把它放在他的石頭

桌上。獾瞥了臭鼬一眼。「我想在做重要的岩石研
究時看著它，直到我知道她沒事為止。」

日子一天天飛逝

幾天變成了幾星期。

然後有一天晚上，贊諾和賽法爾爬上他們的雙層床之後，獴聽見有人敲了他的臥室房門。他打開門，發現是臭鼬。

臭鼬捧著一個鞋盒。「這個放在門口的臺階上。」

「誰的鞋盒？」

臭鼬點點頭。「我還沒有打開。」

「是嗎？」獴瞅著臭鼬。

「希望是吧。」臭鼬說。他伸長胳膊遞出鞋盒。「拿掉盒蓋。」

獾迅速取下盒蓋，看見盒子裡有兩根羽毛——一根小小的橙色羽毛，旁邊是一根纖細的長羽毛。

獾看得目不轉睛。他想要相信這是好消息，可是留下羽毛？留下羽毛可能代表許多意義。接著，他注意到盒蓋上有一些線條——其實是幾道刮痕。獾指著說：「這是不是代表某種意義？」

臭鼬看得很仔細。「這是雞的抓痕，」他對獾點點頭說：「需要一定的瞇眼方式才看得懂。」

臭鼬拿走獾爪中的盒蓋，把臉皺縮成一團，然後瞇眼凝視。在漫長而緊繃的片刻之後，他突然一臉失望。「哎呀，我看不懂，看上去還是好像一堆棍子！」

「讓我試試看。」獾說著拿起盒蓋，將目光對準那些抓痕。他努力瞇著眼睛，歪著腦袋從側面看

了看。

什麼也看不出來。

獾快要放棄時，突然心生一個主意。有何不可？獾點了點頭，先用左眼看一下，再用他的右眼。現在是他的左眼，他眨眼，再眨眼。當他睜開眼睛時，那些線條變整齊了。「哈哈！」

「什麼？」臭鼬拉著他的肘部詢問。

「一切都很好，訊息上說：『一切都很好！』」

「太棒了！」臭鼬激動吶喊。

他倆都高興得跳了起來。

致謝

　　有幾個來源需要提一下：墨西哥式雞蛋玉米餅，是我在芝加哥風提拉燒烤餐廳（Frontera Grill）經常會吃的一道菜。它就像臭鼬宣稱的那樣，是「有史以來最棒的早餐之一」，也是唯一經常出現在我睡夢中的早餐。要是沒有史蒂芬・馬莎克（Stephen Marshak）的教科書《地質學要點：第五版》（*Essentials of Geology*），我就寫不出獾唱的「永世」那首歌。獾的探險裝備準備規則，來自於柯林・弗萊徹（Colin Fletcher）撰寫的《完全步行者》（*The Complete Walker* IV，二〇〇二年 Alfred A. Knopf 出版）一書。最後，我寫的這些故事，仰賴的是克里斯・佩蘭特（Chris Pellant）的著作

《岩石和礦物》（*Rocks and Minerals*，二○○二年 Dorlling Kindesley 出版）。對重要的岩石研究感興趣嗎？就從這裡開始吧。

現在談談我要感謝的人。感謝每一位在 Algonquin Young Readers and Workman Publishing 出版的工作同仁，你們是多麼傑出的一個團隊！我是在二○二○年寫這個故事的。還記得二○二○年的流行病嗎？儘管所有的流行病向這些人席捲而來，他們依然勤奮工作，不曾稍減幽默感及足智多謀，真是令人嘆服。謝謝你們！還有伊莉絲‧浩爾（Elise Howard），雍‧卡拉森（Jon Klassen）和史蒂芬‧馬爾克（Steven Malk）？我不太懂你們是如何把事情統統完成的，簡直就跟幫忙搬家的貽貝一樣，你們是最棒的！至於你，菲爾：感謝你讓這個寫書計畫和我的生活變得如此趣味盎然！

故事館

琥珀牆裡的蛋

（臭鼬和獾的故事2）

小麥田

作　　　者　艾米·汀柏蕾（Amy Timberlake）
繪　　　者　雍·卡拉森（Jon Klassen）
譯　　　者　趙永芬
封 面 設 計　達　姆
協 力 編 輯　葉依慈
責 任 編 輯　巫維珍

國 際 版 權　吳玲緯
行　　　銷　闕志勳　吳宇軒　陳欣岑
業　　　務　李再星　陳紫晴　陳美燕　葉晉源
編 輯 總 監　劉麗真
總 經 理　陳逸瑛
發 行 人　涂玉雲

出　　　版　小麥田出版
　　　　　　地址：10483台北市中山區民生東路二段141號5樓
　　　　　　電話：(02)2500-7696　傳真：(02)2500-1967
發　　　行　英屬蓋曼群島商家庭傳媒股份有限公司城邦分公司
　　　　　　地址：10483台北市中山區民生東路二段141號11樓
　　　　　　網址：http://www.cite.com.tw
　　　　　　客服專線：(02)2500-7718｜2500-7719
　　　　　　24小時傳真專線：(02)2500-1990｜2500-1991
　　　　　　服務時間：週一至週五09:30-12:00｜13:30-17:00
　　　　　　劃撥帳號：19863813　　戶名：書虫股份有限公司
　　　　　　讀者服務信箱：service@readingclub.com.tw
香港發行所　城邦（香港）出版集團有限公司
　　　　　　地址：香港灣仔駱克道193號東超商業中心1樓
　　　　　　電話：+852-2508-6231　傳真：+852-2578-9337
馬新發行所　城邦（馬新）出版集團【Cite(M) Sdn. Bhd】
　　　　　　地址：41, Jalan Radin Anum, Bandar Baru Sri Petaling,
　　　　　　　　　57000 Kuala Lumpur, Malaysia.
　　　　　　電話：+6(03) 9056 3833　傳真：+6(03) 9057 6622
　　　　　　讀者服務信箱：services@cite.my
麥田部落格　http://ryefield.pixnet.net
印　　　刷　漾格科技股份有限公司
初　　　版　2023年2月
售　　　價　360元

版權所有·翻印必究
ISBN 978-626-7000-92-2
EISBN 978-626-7000-94-6（EPUB）
Printed in Taiwan.
本書若有缺頁、破損、裝訂錯誤，請寄回更換。

EGG MARKS THE SPOT (SKUNK & BADGER 2)
Text © 2021 by Amy Timberlake
Illustrations © 2021 by Jon Klassen
Complex Chinese translation copyright ©
2023 by Rye Field Publications, a division
of Cite Publishing Ltd.
Published by arrangement with Writers
House, LLC through Bardon-Chinese
Media Agency. All rights reserved.

國家圖書館出版品預行編目資料

琥珀牆裡的蛋（臭鼬和獾的故事2）／艾
米·汀柏蕾（Amy Timberlake）著；
雍·卡拉森（Jon Klassen）繪；趙永
芬譯. -- 初版. -- 臺北市：小麥田出版：
英屬蓋曼群島商家庭傳媒股份有限公司
城邦分公司發行, 2023.02
　面；　公分. --（故事館）
譯自：Egg marks the spot.
ISBN 978-626-7000-92-2（平裝）

874.596　　　　　　　　111016904

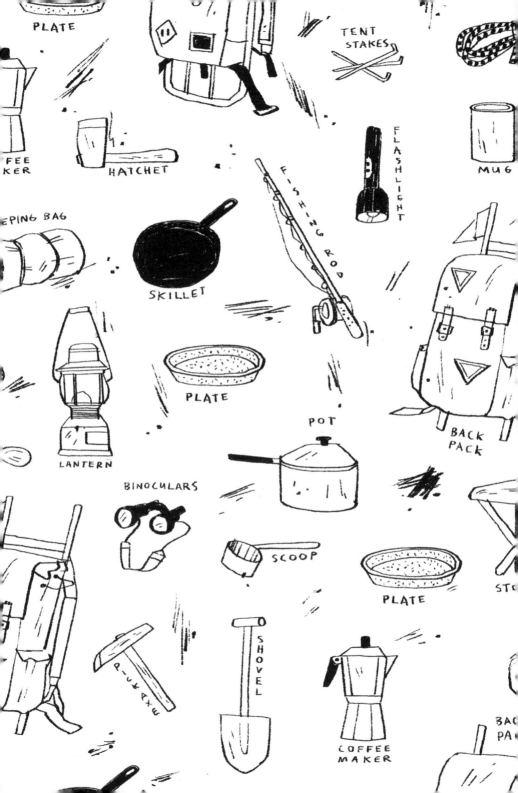